B.R.P.

SASHA MORANGE

HARDCORE
Épisode 2

Pénélope

Dans la même collection

Filles invisibles
Libre échange (à paraître)
La filière thaï (à paraître)
Le réseau Helsinki (à paraître)
Club Sodome (à paraître)

Pénélope est une marque des Editions SW Télémaque

Éditions Télémaque, 7 rue Pérignon, 75015 Paris
www.editionstelemaque.com
Retrouvez BRP sur facebook.
ISBN : 978-2-7533-0218-1

Avertissement de l’éditeur

Les enquêtes menées dans ces pages sont issues de l’imagination de l’auteur, mais en prise sur l’actualité et les faits réels. Relues par un officier de la BRP, elles reflètent le monde actuel et ses dérives, mais également le souci de raconter une histoire et de divertir le lecteur sans l’épargner.

En 1747, première mention d'un département consacré à la police des mœurs lors de la création du Bureau de la discipline des mœurs par le lieutenant général de police Nicolas René Berryer.

En 1914, la brigade mondaine est transférée à la police judiciaire nouvellement créée, et nommée Brigade des mœurs. Ses fonctions sont alors définies pour longtemps : prostitution et délits annexes, moralité et répression du trafic de stupéfiants.

En 1975, Michel Poniatowski transforme la Mondaine en Brigade des stupéfiants et du proxénétisme. Et limite ses attributions à la lutte contre le proxénétisme, la traite des blanches et le trafic de stupéfiants.

En 1989, la brigade est scindée en Brigade des stupéfiants et Brigade de répression du proxénétisme.

En 2014, sa tâche est immense et l'acronyme BRP est devenu le dernier rempart entre des millions de victimes et leurs bourreaux.

1

Les flics de l'OCLIFF savaient qu'ils étaient en passe de ferrer un gros poisson. La prise qui allait clôturer en beauté l'enquête menée depuis trois ans déjà.

On disait parfois que le commandant Storme dirigeait ses hommes comme un preux chevalier ses soldats aux croisades. Lui-même ne refusait pas ce surnom de *croisé*. Si faire tomber les requins qui nageaient dans les eaux troubles du crime financier était une croisade, alors il acceptait de revêtir le tabard médiéval affublé de la croix de chevalier templier.

Storme et sa première adjointe repoussèrent sans ménagement la jeune femme d'origine maghrébine qui avait ouvert la porte de la luxueuse résidence, sise dans les bois de la vallée de Chevreuse.

– Monsieur Jean-Thierry de Brosque est là ? murmura Storme en exhibant son badge de l'Office central de lutte contre les infractions financières et fiscales.

Derrière eux, deux officiers en uniforme observaient la scène, débonnaires.

– Il est dans son bureau, bredouilla la femme de ménage en tremblant.

Storme fit signe aux deux fonctionnaires. L'un d'eux posa la main sur son arme de service.

– N'en faites pas trop quand même, sourit le commandant Storme à l'adresse du flic. Je vois mal Brosque se transformer en ennemi public numéro 1.

– Mieux vaut prévenir que guérir, répondit l'adjudant d'un air sérieux.

Storme fronça les sourcils : ça faisait sans doute partie du jeu ! Après avoir traversé un hall somptueusement meublé, qu'ils ne prirent pas la peine d'admirer, les flics s'arrêtèrent devant la porte que leur désignait la domestique. L'adjudant tourna la poignée, mais le battant résista :

– Police ! Ouvrez ! cria-t-il.

On entendit un brouhaha.

Le flic en uniforme tambourina sur la porte :

– Ouvrez ! Police ! répéta-t-il.

– Qu'est-ce qu'il déconne ? grogna Storme.

Une odeur de plastique brûlé se dégagea soudain.

– Il fout le feu à sa baraque pour un détournement de biens sociaux ? Un délit qui lui vaudra au maximum une grosse amende et du sursis ? s'étonna le lieutenant Amira Weber, le second de Storme.

– Il se tire par le jardin ! hurla le second flic en uniforme qui s'était avancé jusqu'à une fenêtre.

D'un coup d'épaule, Storme enfonça la porte.

La baie vitrée donnant sur l'immense propriété qui entourait la maison était ouverte. Un homme bedonnant, en robe de chambre et caleçon, traversait la pelouse anglaise en courant maladroitement.

– Il est devenu dingue ? s'interrogea Storme à haute voix.

D'habitude, les types mouillés dans des affaires intéressant Tracfin, la cellule du Traitement du renseignement et action contre les circuits financiers clandestins du ministère des Finances, se contentaient de menacer de poursuites judiciaires les flics venus les embarquer. Au pire, son avocat tentait de s'interposer physiquement. Mais une telle attitude, jamais Storme n'avait pensé voir ça !

Les deux flics en uniforme sautèrent dans le jardin et rattrapèrent rapidement le député Brosque. Celui-ci suppliait qu'on le laisse tranquille.

– Ce n'est pas ce que vous croyez ! gémissait-il.

L'odeur de plastique brûlé empoisonnait l'air du bureau lambrissé. Storme s'approcha de la cheminée et observa l'étrange foyer : DVD et matériel informatique finissaient de fondre. Juste avant de prendre ses jambes à son cou, le député Brosque y avait mis le feu à grand renfort d'alcool à brûler – une bouteille traînait devant l'âtre. Le regard de Storme fut alors attiré par un point brillant sous le tapis en jonc de mer où reposait la bouteille vide. Il glissa la main dessous pour en extraire un DVD.

– Toi, tu as échappé à la purification par le feu, on dirait, murmura le commandant de l'OCLIFF en fourrant le CD-Rom dans la poche de son blouson.

– Tu crois que ce sont des données fiscales ou quelque chose en relation avec l'enquête de Tracfin ? demanda le lieutenant Weber.

Storme se retourna vers la partie salon du vaste bureau. La télé écran large révélait une purée grise, et la platine DVD était encore allumée, le tiroir du lecteur en position ouverte.

– Peut-être…

Le regard de la jeune flic oscillait entre la télé et le brasier :

– Qu'est-ce qu'il y a là-dedans qui puisse pousser un honorable député parisien, ancien ministre et secrétaire d'État, président de l'association des Amis du Mexique, père de famille, grand-père honorable, à fuir comme un petit voyou devant des fonctionnaires de police ?

– Quelque chose de bien dégueulasse, lieutenant, j'en mettrais ma main au feu, grommela Storme en s'écartant de la cheminée.

2

Au quatrième étage du 3, rue de Lutèce, dans la salle de réunion, transformée pour l'occasion en salle de visionnage, un silence assourdissant régnait. Un silence seulement entrecoupé de cris de douleurs et de supplications, mais aussi de rires et de souffles de jouissance bestiale.

Face à la télévision connectée à un lecteur DVD, les membres du groupe Cabaret de la BRP, flics pourtant aguerris, rompus à la dégueulasserie humaine et ayant vu souvent ce qu'aucun citoyen lambda n'imaginait possible, observaient l'écran, l'estomac au bord des lèvres.

Le commandant Julien Shrapnel semblait impassible, son beau visage restait de marbre. Mais dans sa tête, des idées de justice pour le moins radicales et sommaires prenaient lentement forme.

À sa droite, Lor Feuerbach serrait les poings de colère. Une colère sans fond qui faisait éclater encore plus son incomparable beauté. Ses yeux verts luisaient comme s'il s'agissait d'opales. Des yeux d'une intelligence rare.

Debout à côté de son chef de groupe, Mathieu Le Deuff, une main sur la bouche, psalmodiait à voix basse des prières devant les images innommables. Comme à chaque fois qu'il assistait au spectacle de la barbarie humaine, le capitaine de la BRP tentait de se raccrocher à sa foi, à sa croyance en l'existence d'un dieu bon et à l'hypothèse d'un paradis après cette vie terrestre où l'on croisait des monstres capables de ça.

Ça, c'étaient un homme et une femme nus et masqués se défoulant sur des enfants. Quatre enfants, comme ceux de Le Deuff, d'ailleurs. Un peu plus âgés peut-être, mais à peine. Moins de quatorze ans assurément... Le plus jeune paraissait dix ans. Leurs bourreaux leur refusaient toute humanité, toute empathie, les avilissant, les souillant, les chosifiant comme des jouets sexuels.

L'homme s'en prenait violemment aux corps désormais inertes en riant derrière sa cagoule de latex. La femme elle, fouettait ses victimes en se masturbant. Elle les insultait parfois en espagnol, parfois en anglais mais avec un fort accent latino-américain.

La scène se déroulait dans un hangar au sol jonché de détritus. Des rats passaient en courant sur un tuyau de chaufferie sous le plafond. Les cris et les rires résonnaient sur les murs de ciment gris.

C'était donc ça l'enfer ? songea Mathieu Le Deuff en fermant les yeux.

Au fond de la salle de réunion de la BRP, le commandant Storme venait de vomir une deuxième fois dans une poubelle en plastique. Il était blême, presque cadavérique. Depuis qu'il avait visionné pour la première fois ce film déshumanisé, deux jours auparavant, il ne dormait plus, ne mangeait plus et dégueulait ses tripes toutes les quatre heures. Il avait interdit à son adjoint, le lieutenant Amira Weber, d'assister au visionnage du

DVD. Celle-ci avait insisté mais son chef s'était montré intraitable : au moins, Weber serait-elle épargnée. Elle attendait dans le couloir que le film fut terminé.

Mais le film n'était pas terminé. Les trois limiers de la BRP savaient que certaines profondeurs ne connaissaient pas de fin. Sur l'écran, la femme au fouet s'était saisie d'une feuille de boucher dont la lame scintillait sous la lumière crue des néons. L'homme hurlait de plaisir en accélérant ses mouvements de va-et-vient lorsque sa complice abattit la lame de son large couteau sur le cou de deux des enfants, leur tranchant l'artère carotide.

– Quelle saloperie ! cria Lor Feuerbach en bondissant presque de son siège.

Les phalanges de ses doigts étaient blanches, ses poings serrés. Ses cheveux blonds collaient à son front couvert de sueur.

Mathieu Le Deuff, lui, enfouit sa tête dans ses mains. Il psalmodiait à voix basse quelque prière inaudible.

Seul le chef du groupe resta immobile.

Pourtant, sous son crâne, une tempête s'était déchaînée. Mais il essayait de contenir ses terribles assauts pour rester en capacité de faire son boulot. Son putain de boulot ! Et en ces instants putrides, son travail était de tenter de repérer des signes sur les images, des éléments attestant que le film n'était qu'une mise en scène, une suite d'effets spéciaux réalisés par des petits génies de l'industrie pornographique. Des porcs, certes, des criminels aussi, mais pas des psychopathes assassins d'enfants. Déjà la tempête lui engourdissait les lobes frontaux, déjà sa bouche était sèche et sa respiration s'était accélérée. Car son instinct lui disait que tout ça était réalité.

Lorsqu'à l'écran, l'homme repoussa les cadavres et se saisit des deux dernières victimes, et que Shrapnel vit la femme faire pleuvoir une noria de coups sur les corps suppliciés, il bondit à son tour et éteignit l'écran.

Personne ne bougea, aucun mot ne fut prononcé. Il n'y avait rien à faire, rien à dire. L'enquête commençait. Feuerbach renifla et passa une main tremblante sur son visage :

– Il faut faire voir ça à Volochenko et à Dechartres, dit-elle.

Le commandant de la BRP resta une longue minute debout devant le poste de télévision. Son corps musclé tremblait peut-être un peu mais il semblait surtout tétanisé, dur comme un roc. Une lueur méchante luisait au fond de son regard, une lueur pas très service service…

– Ils vont payer pour ça, dit-il d'une voix d'outre-tombe.

3

L'hiver allait être rude.

Les vieux du coin parlaient de la possibilité d'un hiver comme celui de 1977 qui avait provoqué la plus grande tempête de neige de l'histoire de Buffalo. Ce froid mortel avait tué une centaine d'Américains. Les météorologues, eux, expliquaient qu'un vortex polaire était en passe de se positionner sur la région des grands lacs.

L'agent spécial Sam Torpe avait revêtu son épaisse parka siglée FBI. Au moins, sa tenue annonçait les motifs de sa venue dans la petite bourgade de Silver Creek, à une vingtaine de kilomètres au sud de Buffalo.

Depuis la veille au soir, les 2 700 habitants savaient tous que les flics locaux avaient découvert deux corps atrocement suppliciés sur la rive du lac Érié. Certains, occupés à déneiger devant leur maison ou à travers la vitrine du *Barone's*, le bar à l'entrée de la bourgade, jetaient des coups d'œil mauvais au passage du 4 × 4 Chevrolet Blazer sombre aux vitres fumées. Par ici, tout ce qui représentait l'État fédéral n'était pas forcément en odeur de sainteté.

Torpe conduisait nerveusement. Il avait conservé ses Ray-Ban aviator pour se protéger de la réverbération du pâle soleil sur la neige.

À sa droite, l'agent spécial Stacy Kennedy compulsait un épais dossier rempli de documents concernant l'affaire sur laquelle son collègue et elle enquêtaient depuis six mois. Une sordide affaire de réseau pédophile et de pornographie enfantine. Ils avaient fait le voyage depuis New York.

Le shérif de Silver Creek les avait contactés deux jours auparavant. Des habitants venaient de retrouver deux corps gelés près du lac : l'un d'eux correspondait à l'avis de recherche lancé par le FBI trois mois auparavant. Sarah Miller, 13 ans, disparue à la sortie de l'école.

– Et l'autre corps, on sait qui c'est ? fit Torpe sans détourner son regard de la route enneigée.

– Selon la photo transmise par les autorités locales, il pourrait s'agir de Renée La Case, 18 ans, prostituée résidant à Cleveland. Portée disparue depuis trois mois, également.

L'enquête du FBI avait remonté une piste depuis six mois.

Trois hommes résidant à Chicago, deux avocats et un industriel, s'étaient fait prendre en possession de fichiers pédophiles. Pas de quoi affoler les fédéraux. Pourtant, sur certains films visionnés par les fonctionnaires du *Violent Crimes Against Children Program*, ceux-ci avaient remarqué que des scènes se terminaient par la mort des participants. Rien ne pouvait être scientifiquement prouvé mais les spécialistes commençaient à penser que ces décès n'étaient pas simulés. Les trois amateurs de *snuff movies* – ce terme était désormais employé – avaient immédiatement balancé leur fournisseur en échange d'un traitement moins radical que celui qui les attendait si de telles atrocités avaient effectivement été commises. Mais le revendeur de films, également dealer de cocaïne et d'amphétamines, qui rayonnait de Chicago à Detroit et de Cleveland à Buffalo, avait été retrouvé égorgé quelques jours plus tard. On lui avait même coupé les oreilles et crevé les yeux ! Peut-être s'agissait-il d'un règlement de compte lié à la drogue. Peut-être s'agissait-il de le faire taire à jamais, à propos de la filière des *snuff movies*.

On avait donc refilé le cas à l'équipe de Sam Torpe.

Depuis lors, l'enquête piétinait. Le FBI ne pouvait que recenser les disparitions de jeunes, et parfois de très jeunes filles, des garçons aussi, qui commençaient à augmenter dans les banlieues sordides des grandes villes de la *Rust Belt*. Le sentiment d'impuissance qui tenaillait Torpe et Kennedy n'avait d'égal que le sentiment d'horreur qui les assaillait lorsqu'ils retrouvaient le cadavre violé et torturé des jeunes disparus.

Le Chevrolet tourna sur Central Avenue et s'engagea sur Jackson Street.

Une vieille femme emmitouflée dans un manteau de laine, chaussée de bottes en caoutchouc jaune ornées de fleurs rouges, traversa lentement la rue.

– Ça doit être la voiture du shérif Martin, dit Kennedy en désignant du doigt la Ford Crown Victoria, garée le long du trottoir.

Le véhicule du FBI s'arrêta à sa hauteur et un homme joufflu à moustache en guidon de vélo se redressa derrière le volant et leur fit signe de le suivre. La Ford démarra et, au bout de Jackson Street, emprunta une route vicinale qui menait sur les berges du lac Érié.

La chaussée était défoncée et les nids-de-poules s'accordaient mal avec la conduite nerveuse de Torpe. Au bout de cinq cents mètres prompts à éprouver violemment les amortisseurs du véhicule, l'immense étendue d'eau apparut. Des plaques de glace flottaient déjà sur les flots gris.

En contrebas d'une butte recouverte de neige dont le manteau poudreux immaculé, sous l'effet du vent, s'envolait parfois en des nuages floconneux, la voiture du shérif se gara. Torpe l'imita.

Les deux agents spéciaux rejoignirent le shérif Lee Martin, adossé à la portière de sa Ford.

– C'est là qu'on a retrouvé les corps, déclara-t-il.

Torpe et Kennedy observèrent l'espace entre la voiture et la butte : tout était blanc, immaculé là aussi.

– Beaucoup neigé depuis quarante-huit heures, n'est-ce pas ? fit Kennedy.

– *Yep*, acquiesça l'homme à la moustache en guidon de vélo.

– Vous avez trouvé des indices ? Un élément qui a attiré votre intention ? Même insignifiant…

– *Nope*, répondit l'autre.

Ils restèrent tous les trois silencieux quelques instants.

Les deux agents du FBI firent quelques pas sous la butte mais ils conclurent rapidement à l'absence d'une scène de crime exploitable : non seulement, il avait beaucoup neigé mais il semblait que les lieux avaient été piétinés par les témoins et les hommes du shérif.

– Bon, c'est pas tout ça mais du boulot m'attend ailleurs, interrompit le shérif en s'installant derrière son volant.

Il remit le contact.

– Si vous voulez d'autres renseignements, je serai à mon bureau sur Central Avenue, juste à l'embranchement d'Howard Street. En fin de journée, je pense.

– Il faudrait qu'on examine les corps, dit Torpe en fixant la neige à ses pieds.

– Pas de problème : ils sont à la morgue du Glenwood Cemetery, à la sortie sud de la ville, sur Old Man Road. Vous ne pouvez pas le manquer.

Il salua d'un index sur son front :

– Désolé, il faut que je vous quitte : on a un autre homicide. Silver Creek n'est pas habitué à autant de faits divers.

– Un autre homicide ? fit immédiatement Torpe en s'approchant de la Ford.

– Ouais, mais rien à voir avec votre affaire. Un petit malfrat bien connu de nos services s'est fait assassiner et je dois…

– Comment est-il mort ? coupa Kennedy.

– Ben, à en croire mon adjoint, il s'est fait trancher la gorge. Et puis, on lui a taillé les oreilles et crevé les mirettes, aussi.

Les deux agents spéciaux échangèrent un rapide regard.

– On vous suit, grogna Torpe en se dirigeant vers le Chevrolet.

– Vous me quoi ? fit l'autre, interdit. Mais ça n'a rien à voir avec votre affaire !

Le shérif coupa son moteur.

– Vous comprenez, reprit-il, une grimace triste lui déformant le visage, ici, la crise économique s'est fait durement ressentir. Les aciéries ont presque toutes fermé. Z'avez qu'à voir : on appelait la région la *Manufacturing Belt*, maintenant, c'est la *Rust Belt*. La rouille ! Vous comprenez ? Toutes les usines ont rouillé ! Alors forcément les gars d'ici, hé ben, ils n'ont plus de travail. Et forcément, ils font des bêtises.

Torpe et Kennedy regardaient le flic local. Pour rien au monde ils n'auraient voulu être à sa place. Le shérif Lee Martin haussa les épaules, comme pour s'excuser de la faiblesse de certains de ses concitoyens :

– Et de temps en temps, ça finit comme ça. Ce type qui s'est fait trancher la gorge, je vous dis qu'il était connu de mes services.

– Laissez-nous en juger par nous-mêmes, objecta Torpe avec un sourire un peu acide.

– Juger de quoi ?

– Du rapport entre ce meurtre et notre enquête, répondit Kennedy en s'éloignant.

Le shérif regarda un instant les deux fédéraux bouche bée. Il se lissa les moustaches et haussa à nouveau les épaules. Les habitants de Silver Creek n'allaient pas aimer ça : que le FBI enquête sur trois morts en même temps, dans leur bourgade, ça risquait même de déclencher une belle panique.

4

De l'autre côté de la Seine, en face du 36, quai des Orfèvres, au croisement de la rue des Grands-Augustins et de la rue du Pont-de-Lodi, non loin du très réputé *Relais Louis XIII*, le petit bougnat ne payait pas de mine. Mais comme le répétait à qui voulait l'entendre Firmin, le patron des lieux : « *Chez Alphonse, c'est dans la cuisine qu'on fait la cuisine, pas dans la vitrine !* » Cette assertion pour le moins pointée au coin du bon sens était amplement fondée. Les habitués venaient pour bien y manger et aussi pour le calme qui y régnait. La façade peu avenante décourageait les touristes qui visitaient le Quartier latin et l'Île de la Cité mais aussi les magistrats du quai de l'Horloge et du boulevard du Palais. Quand aux flics du 36, désormais ils allaient plutôt dans les restaurants branchés de la place Dauphine. Quelques collègues des autres groupes de la BRP venaient parfois y déjeuner mais tous savaient que c'était avant tout l'antre du groupe Cabaret, de Shrapnel et ses gars.

Et c'était tant mieux, car justement le groupe Cabaret n'aimait pas tant que ça frayer avec ses semblables. Depuis de nombreuses années, Shrapnel et ses hommes venaient donc prendre leurs repas chez Alphonse. Et parfois y tenir des débriefings jusqu'à tard dans la soirée.

Firmin leur réservait toujours la table du fond, dotée d'une vue imprenable sur toute la salle et idéalement située pour constater la fraîcheur exceptionnelle des produits cuisinés par Lotte, femme du patron et chef hors pair.

– Salut *Scud* ! lança Lotte lorsqu'elle vit le commandant des mœurs s'asseoir à sa table.

Il lui adressa un sourire un peu trop poli, beaucoup moins grivois que ceux qu'il réservait d'ordinaire à la plantureuse rouquine affairée derrière ses fourneaux.

– Hé ben, tu en tires une trogne de six pieds de long...

Le flic ne répondit pas. Lotte n'insista pas mais elle remarqua que la belle Lor Feuerbach et le prude Mathieu Le Deuff semblaient eux aussi éprouvés. Trop de boulot et trop de boulot sordide, songea-t-elle en faisant revenir une poêlée de girolles dans du vinaigre balsamique.

Une dizaine de personnes avaient pris place dans la salle du restaurant, un bruit de fond agréable émaillé de discussions tranquilles et de légers rires emplissait l'endroit.

– C'est la soupe à la grimace au Cabaret, on dirait, lança Firmin, jamais affecté par les états d'âme des flics.

Les policiers semblaient en effet avoir reçu leur compte. Mais le patron et la cuistot étaient bien loin d'imaginer ce qu'ils venaient d'endurer.

– Aujourd'hui, Lotte a mijoté un lapin à la moutarde avec sa julienne hivernale que vous allez m'en dire des nouvelles ! continua Firmin.

– Tu nous mettras aussi un pichet de Morgon, Firmin, répondit Shrapnel.

Il y eut quelques minutes de silence.

– Je ne pourrai rien avaler, dit Feuerbach en repoussant ses épais cheveux blonds en arrière.

– Moi non plus, murmura Le Deuff.

– Arrêtez vos miaulements ! ordonna doucement leur chef. On va se caler la pente et après on s'occupe de ces salopards. Mais on ne peut pas faire ça le ventre vide. Et puis Volochenko et Alice ne vont plus tarder.

Le Deuff leva des yeux étonnés vers son chef :

– Je ne vois pas le rapport entre l'arrivée imminente de nos chefs et mon manque d'appétit, désolé.

Shrapnel eut un sourire cynique.

– Va falloir les rassurer, Mathieu. Leur faire comprendre qu'on garde le contrôle, qu'on peut aller jusqu'au bout de cette affaire. Avec vos faces de craie, ça m'étonnerait qu'il ne soit pas tenté de refiler l'enquête à un autre groupe BRP.

Feuerbach saisit le pichet de vin rouge que Firmin venait de déposer sur leur table, s'en servit un verre et le but cul sec. Elle aussi afficha un sourire cynique.

– Ben voilà, dit Shrapnel avec un large sourire de théâtre. Tu as meilleure mine, tu donnerais presque envie.

– Quand tu veux, chef ! plaisanta la jeune femme.

Shrapnel hocha la tête comme si Feuerbach lui avait juste demandé l'heure. C'était incompréhensible : Feuerbach savait qu'avec sa plastique et sa présence, elle pouvait s'envoyer n'importe qui, homme et femme, en un claquement de doigt. Une seule personne semblait ne rien ressentir à son égard : Julien « Scud » Shrapnel ! Depuis son arrivée au groupe Cabaret, elle n'en revenait pas, cette froideur défiait toutes ses certitudes.

Firmin saisit les trois assiettes que sa femme avait déposées sur le passe-plat et les fit glisser sur la table des flics.

– Trois lapins moutarde qui remonteraient le moral à un troupeau de bovins avant l'abattoir, parole ! hurla le patron, son ventre trop rebondi en avant.

Quelques rires montèrent des tables qui jouxtaient le comptoir. L'humour à froid du patron de *Chez Alphonse* était aussi légendaire que la qualité des plats de Lotte.

Les trois flics mangèrent en silence. Évidemment, c'était bon mais pour autant, ça manquait de saveur. Rien à voir avec le talent de Lotte : des images dégueulasses collaient aux rétines des as de la BRP.

Même Le Deuff se servit un verre de Morgon. Il n'était pourtant pas dans ses habitudes de picoler, particulièrement en journée. Mais pour une fois, il espérait que le beaujolais de Firmin aurait les vertus thérapeutiques qu'on lui prêtait. On ne risquait rien à essayer.

Et puis, finalement, le lapin moutarde et le vin firent leur effet. Les traits des visages se détendirent, quelques phrases sur des sujets banals furent même échangées.

– Les voilà un peu plus détendus, mes petits poulets, remarqua Firmin en gloussant.

Puis, glissant la tête par le passe-plat de la cuisine :

– Lotte, fais péter trois autres lapins, y'a des nécessiteux par ici !

– Arrête les frais, patron, dit Shrapnel. Mets-nous plutôt des caouas bien serrés !

Firmin eut un grand sourire : chez Alphonse, le client devait être heureux et rassasié, sinon à quoi bon faire ce métier ? songeait-il en repassant derrière son comptoir.

À cet instant précis, trois individus franchirent le pas de la porte.

Deux hommes, un tout petit – Firmin reconnut le commissaire principal Vlad Volochenko, chef administratif de la BRP – et un grand gaillard à la coupe réglementaire. Une femme suivait, elle avait la soixantaine, extrêmement classe dans son manteau gris de cachemire. C'était la commissaire principale Alice Dechartres, l'autre chef de la BRP. En charge de la logistique, elle supervisait les enquêtes des différents groupes des mœurs.

– Bonjour Firmin, dit-elle en passant devant le zinc. Ça sent extrêmement bon chez vous !

– Lapin moutarde, julienne de légumes, expliqua le patron. Ça vous tente, commissaire ?

– Une autre fois, merci : on a du travail.

Et les trois arrivants se dirigèrent vers la table du groupe Cabaret.

– Laissez-moi vous présenter le colonel Oliver Sacco, attaché à l'ambassade des États-Unis, nota le commissaire Volochenko.

Volochenko avait toujours l'air méfiant de celui qui s'adressait à des gens dont les capacités intellectuelles n'étaient pas les siennes. Il ne pouvait se départir de la sensation que le groupe Cabaret, et particulièrement le commandant Shrapnel, n'avaient pas leur place dans la nouvelle police dont il était le zélateur. Bien sûr, le groupe avait d'excellents résultats. Bien sûr, le lieutenant Lor Feuerbach était une pointure en informatique et multimédia. Bien sûr, Mathieu le Deuff avait lui aussi suivi des études prestigieuses. Mais leur chef, le commandant Julien Shrapnel n'était pas de la trempe des nouveaux flics que le ministère appelait désormais de ses vœux. Si son binôme à la tête de la BRP n'avait pas défendu Shrapnel bec et ongles à plusieurs reprises, Volochenko l'aurait bien fait muter en Province et immédiatement dissous le groupe. Mais la commissaire principale Alice Dechartres semblait éprouver une empathie toute maternelle à l'égard de cet électron libre de Shrapnel. Quelque chose de sexuel, sans aucun doute, comme toutes les femmes qui l'approchaient semblait-il. Volochenko devait donc attendre son heure. Mais celle-ci viendrait, il en était certain.

– Suite à votre communication concernant le film transmis par les fonctionnaires de l'OCLIFF, nous avons contacté nos collègues américains, reprit-il.

– Car les quelques mots prononcés dans le film l'étaient en espagnol, sans aucun doute mexicain, précisa le commissaire Dechartres. L'anglais, lui, avait un fort accent espagnol, également. Sauf que nos experts ont relevé des locutions texanes.

Volochenko lança un regard peu amène à Shrapnel :

– D'où la présence du colonel Sacco dont l'une des missions est de servir de relais entre nos homologues américains et les services de police et gendarmerie français.

Shrapnel montra les trois chaises d'une geste ample de la main. Les deux commissaires et le colonel prirent place autour de la table. Le colonel repoussa d'un doigt le pichet de vin presque vide, avec un petit sourire un peu méprisant.

– Pourquoi, à votre place, colonel, n'y a-t-il pas un de nos homologues mexicains ? lança tout de go Shrapnel.

– Disons que les forces de l'ordre mexicaines ne sont pas forcément exemptes de doutes quant à leur incorruptibilité, répondit Volochenko.

– Et nous travaillons en étroite relation avec les autorités mexicaines, dit l'Américain avec un accent du Middle-West à couper au couteau.

– Et elles sont exemptes de doute quant à leur incorruptibilité ? continua Shrapnel.

– Bien vu, commandant, reconnut l'Américain. Mais surtout, les vidéos, le trafic commercial *stricto sensu*, démarre aux États-Unis. C'est donc le FBI qui a compétence.

Il considéra le Français avec un petit sourire en coin, au mépris à peine dissimulé.

– Veuillez nous expliquez ce qui nous relie, fit Dechartres, conciliante.

– Voilà, commença Sacco. Depuis six mois, le FBI est sur la piste d'un réseau pédophile et pornographie. *Snuff movies*, vous comprenez ?

Shrapnel lui rendit son sourire méprisant :

– On vient d'en regarder un, pas plus tard qu'hier ! On est fans.

– Commandant, s'il vous plaît ! intervint Volochenko, l'œil noir.

– Justement, ce film, nos gars du FBI l'ont vu passer, continua l'Américain sans sourciller. Il y a deux mois déjà. Pour tout vous dire, la piste que nous suivons est jonchée de cadavres. Des *kids*, la plupart du temps. Il y a quelques jours, on a retrouvé deux corps près de Buffalo. Dont celui d'une gamine qui apparaissait dans un de ces films.

– Le film que nous avons vu ? interrogea Lor Feuerbach.

– Non, un autre. Les autorités de mon pays ont actuellement en leur possession huit *snuff movies* que les experts du FBI ont authentifiés. Dans lesquels les viols et les meurtres sont une réalité. Jusqu'à présent, on croyait que le *snuff* était une légende, un truc que se racontaient les pervers pour se procurer des sensations... Mais ces films sont des vrais *snuff*.

– Celui que nous avons vu fait partie de ceux-là ? demanda Mathieu Le Deuff.

Sacco garda un instant le silence puis hocha la tête :

– Oui, inspecteur.

Le Deuff le toisa :

– Je suis capitaine, colonel. Il n'y a plus d'inspecteur dans la police française depuis la réforme de 1995.

Il se versa un fond de vin et avala son verre d'un trait.

Les flics autour de la table l'observèrent un instant : le capitaine Le Deuff était manifestement bouleversé par la réponse de l'Américain. Et par tout ce qu'il avait enduré devant l'écran quelques heures auparavant.

– Commandant, dit alors le commissaire Dechartres à Shrapnel, l'enquête du FBI conduit jusqu'en France.

– Selon nos agents aux *States*, expliqua Sacco, soit le réseau a quitté le territoire américain et continue son travail en Europe, soit il a essaimé en France, en Italie et en Suisse. Nous ne sommes sûrs de rien.

– Nous allons mettre en place une coopération entre la BRP et le FBI, continua Dechartres. Vous et le lieutenant Feuerbach allez aux États-Unis pour étudier sur place l'enquête de nos homologues américains...

– Nous étions convenus que c'étaient le commandant Shrapnel et le capitaine Le Deuff qui partaient aux États-Unis, Alice, interrompit le commissaire Volochenko.

– C'est moi la responsable logistique de la BRP : je décide qui fait quoi, je vous le rappelle, Vladimir.

Volochenko fit un violent effort pour ravaler sa contrariété. Mais c'était l'un de ses atouts professionnels que de savoir masquer ses sentiments. Un atout qui à n'en pas douter lui servirait plus tard à se construire une carrière politique.

Les trois membres du groupe Cabaret échangèrent un regard entendu.

– Je peux y aller, madame, tenta Le Deuff, comprenant que son supérieur le mettait, d'une certaine manière, sur la touche.

Shrapnel saisit d'une main ferme l'avant-bras de son collègue :

– Je préférerais que tu restes ici pour nous servir de relais, Mathieu, dit-il d'une voix qui ne laissait pas d'alternative.

– Je vais bien, Julien. Je suis ton second en titre, je peux t'accompagner.

Shrapnel resserra la pression sur l'avant-bras. Le Deuff se tut.

– Vous travaillerez ici avec le colonel Sacco, capitaine, reprit Dechartres.

– Il faut bien que quelqu'un *garde la maison*, dit Shrapnel, un sourire en coin.

– Le commandant et le lieutenant ne seront d'ailleurs absents qu'une semaine, dix jours au maximum. Pendant ce temps, vous commencerez les investigations en France.

Le Deuff acquiesça d'un mouvement de tête – il n'avait pas d'autre choix et d'ailleurs, les voyages en avion, ça n'était pas son truc.

5

Le club des plus de 10 000 était un club très sélect. Et très fermé aussi. Sans aucun statut, sans aucune adresse, complètement informel mais bien connu des grands voyageurs et des batifoleurs impénitents, il rassemblait ceux qui avaient fait l'amour à plus de 10 000 mètres d'altitude.

Julien *Scud* Shrapnel aurait pu être président d'honneur de cette docte assemblée ! À chaque fois qu'il prenait l'avion, il se faisait un devoir de tout mettre en œuvre pour convaincre une personne du beau sexe de l'accompagner dans les toilettes. Son petit jeu commençait dès l'embarquement, ils lançaient des clins d'œil à tout va, en direction des passagères mais aussi des hôtesses évidemment. Le flic de la BRP savait y faire : sa belle gueule et son allure athlétique, l'air intelligent et un peu cynique que l'on lisait dans son regard convainquaient facilement quelque jeune femme de s'encanailler. C'était finalement pour elle une agréable et excitante manière de faire passer le temps lors des interminables voyages aériens.

Cette nuit-là, au dessus de l'Atlantique, le Scud se glissa dans les toilettes du pont supérieur de l'airbus A380 d'Air France. Une jeune femme le rejoignit discrètement. Il s'agissait de Tanya Saint-Marc, candidate d'une émission de téléréalité et chanteuse occasionnelle d'un titre de R&B nullissime qui cartonnait dans les *charts* français. Shrapnel l'avait repérée dans l'une des allées qui traversaient la classe business. Il n'avait eu qu'à lui planter son regard de fauve en chasse au fond des yeux pour savoir que sa proie était levée.

Plus tard, alors que les passagers étaient plongés dans une nuit bleutée par les douces lampes LED disposées aux plafonds, il se leva de son siège.

– Tu vas où ? fit Lor Feuerbach.

Shrapnel la dévisagea. Parfois, il se demandait si la jeune flic ne lui jouait pas le jeu ambigu de la jalousie non assumée.

– Faire pleurer le colosse !

– Comme c'est délicat, reconnut la jeune femme en rajustant le bandeau sur ses yeux.

Il traversa à nouveau la classe business et, cette fois frôla de sa cuisse l'épaule de la starlette. Celle-ci se leva à sa suite.

Tapi dans une cabine de toilette exiguë, Shrapnel attendit quelques minutes. Puis un très léger bruit sur la porte se fit entendre. Quelques secondes plus tard, Tanya Saint-Marc le rejoignait :

– Bonjour, bel inconnu, minauda-t-elle.

Elle passa sa main sur l'entrejambe du « bel inconnu ».

– Je peux savoir qui vous êtes ? fit-elle, les lèvres humides.

– J'ai un château en Autriche et je suis dans les affaires, susurra-t-il en imitant à la perfection Malko Linge s'adressant à la ravissante Lisa Park dans *Le Vol 007 ne répond plus*.

L'instant d'après, Tanya Saint-Marc, à genoux devant lui, déboutonnait fébrilement son pantalon.

Lorsqu'elle vit ce qu'elle vit, elle eut un large sourire :

– Je ne connaissais pas ce service sur cette compagnie aérienne mais je dois reconnaître qu'il en impose !

Puis elle prit dans sa bouche l'imposant service et, évidemment excitée par la situation, planta ses ongles dans le fessier musclé de son partenaire. Celui-ci dut reconnaître l'exceptionnel savoir-faire de la jeune femme en se mordant les lèvres pour éviter d'ameuter tous les passagers et l'équipage. Tanya Saint-Marc se releva, fit glisser la légère robe qui moulait son corps parfait – un peu trop parfait si on n'est pas amateur de chirurgie esthétique, songea le flic. Elle ne portait pas de culotte. Ses seins tendus de désir et sa peau artificiellement bronzée auraient fait perdre la tête à la moitié de l'humanité composée par les hommes et auraient tenté l'autre moitié.

La jeune *it girl* se retourna et s'accouda sur les toilettes. Elle offrit une croupe incendiaire à Shrapnel qui ne tergiversa pas longtemps et s'enfonça lentement jusqu'aux profondeurs les plus intimes de sa partenaire. Malgré une main posée devant sa bouche, elle ne put réprimer un cri de plaisir intense. Shrapnel la pénétra jusqu'à la garde et elle commença à tambouriner de son poing sur la cloison des toilettes.

– Putain de ta mère ! lâcha-t-elle dans une envolée lyrique et poétique.

Shrapnel lui saisit le poignet pour éviter que le personnel navigant vienne à la rescousse et il continua ses puissants mouvements de reins.

Au bout de deux minutes, la jeune femme tenta de saisir le torse de l'homme :

– L'orgasme de dingue que je vais me…

Ses jambes cédèrent sous elle.

Shrapnel la retint d'une main sûre, placée sous son ventre et continua de plus belle à lui faire l'amour. Les cheveux noirs et bouclés de la jeune femme devenaient luisants sous la sueur qui commençait à couler sur son front et sa nuque. Sa main s'agitait dans les airs, quêtant la peau de cet homme qui lui procurait des sensations rares. Voire inédites…

Le flic retourna Tanya Saint-Marc qui enroula ses jambes autour de son corps. Il stimula d'une caresse parfaite le clitoris et pénétra à nouveau le sexe humide alors que la jeune femme manquait d'air, les yeux presque révulsés.

– On ne m'a pas prise comme ça depuis le lycée ! confia-t-elle entre deux hoquets orgasmiques.

Shrapnel se marra comme un garnement et renforça la cadence, bien certain que la starlette n'avait jamais dépassé la classe de troisième.

Au quatrième orgasme de sa compagne, il jouit en retenant ses ahanements. Quelqu'un força sur la poignée de la porte.

– C'est occupé, grogna-t-il, complètement groggy.

– Et vu la taille de l'occupant, il n'y a pas de place pour deux, murmura Tanya Saint-Marc, qui maniait la vulgarité avec une certaine poésie, dut reconnaître Shrapnel.

Il leur fallut quelques minutes pour retrouver leur souffle.

– 20 sur 20, rien à dire, nota la jeune femme en se recoiffant dans la petite glace teintée.

Lorsqu'ils sortirent des toilettes, deux hôtesses attendaient dans le couloir. Leur regard brillait, un mélange de colère et peut-être d'excitation, crut déceler Shrapnel en leur envoyant un sourire.

– Veuillez regagner votre siège, monsieur ! ordonna la plus âgée, d'un air sévère.

La starlette, tenant ses talons aiguilles Louboutin à la main, passa devant lui et se dirigea vers la business class, tranquillement. Elle arborait un port de tête fier et ostentatoire. Elle espérait bien que certains passagers répercuteraient sur les réseaux sociaux l'événement dont ils avaient été témoins. Une telle publicité serait bonne pour sa réputation sulfureuse ! Et sa carrière.

Ainsi, un homme, assis à côté de sa femme, leva la tête de son fauteuil et adressa un clin d'œil complice au flic. Julien se foutait d'une publicité sur les réseaux sociaux et l'ignora superbement : les membres du club des 10 000 ne frayent pas avec les vulgaires passagers, railla-t-il *in petto*.

– Il y a des gens qui aimeraient dormir, lui balança le lieutenant Feuerbach lorsqu'il regagna son siège.

– Plaît-il ? fit Shrapnel en relevant le col de sa chemise.

Feuerbach tourna lentement la tête vers son supérieur, passa un œil sous son bandeau de sommeil, son nez se plissa à plusieurs reprises et elle grimaça, comme écœurée.

– Plaît-il ? répéta Shrapnel.

– Parfum vulgaire… comme sa propriétaire, à n'en pas douter !

Comme elle se retournait vers son voisin de gauche, le bandeau sur les yeux, Shrapnel émit un petit borborygme et sortit l'ordinateur portable de sa sacoche. Il brancha la clé USB que le colonel Sacco lui avait remise juste avant le départ, à l'aéroport. Elle contenait les dernières avancées de l'enquête du FBI. Enfin, le commandant de la BRP savait qu'elle contenait seulement les dernières avancées de l'enquête que le FBI *avait bien voulu* communiquer à ses homologues de la police française. En matière de coopération judiciaire entre pays étrangers, on ne dévoilait jamais tout à fait ses cartes.

Mais les pistes suivies par le FBI (Shrapnel nota les noms des agents spéciaux en charge de l'enquête : Sam Torpe, Stacy Kennedy et José Valbuena) semblaient en effet disparaître quelque part dans la *Rust Belt*, comme avalées par un brouillard épais. Une dizaine de cadavres avait été découverts, la plupart du temps ceux de très, très jeunes adolescents, voire des enfants. Les suspects, eux, avaient été retrouvés la gorge tranchée, les oreilles coupées, les yeux crevés. Et puis le réseau pisté par le FBI s'était comme endormi depuis deux mois. Jusqu'à la réapparition du film visionné par les membres du groupe cabaret de la BRP. En France, donc.

Au final, l'enquête du *Federal Bureau of Investigation* n'avait rien donné. Rien de rien. Ça n'étonnait pas trop le commandant de la BRP qui se méfiait des grosses agences gouvernementales dotées de moyens soi-disant scientifiques d'investigation, et des nouveaux flics, froids, cliniques et dépourvus de sensations, comme les appelait de ses vœux le commissaire principal Volochenko. Shrapnel, lui, savait que le flair et l'instinct étaient encore nécessaires aux polices du monde entier.

Il retira la clé USB et referma l'ordinateur portable. Une agréable torpeur l'envahit. Il se laissa glisser dans un sommeil bercé par l'infime ronronnement des moteurs de l'A380.

6

L'avion ne s'était pas encore arrêté devant le terminus qu'un steward remontait déjà le couloir entre les sièges du deuxième niveau. Il se baissa vers Shrapnel :

– Commandant, ces messieurs du FBI vous attendent à la sortie, dit-il avec un étrange accent slave. Vous êtes prioritaires pour la descente.

Shrapnel acquiesça d'un petit signe de tête :

– Merci, commandant.

L'autre ouvrit une bouche à gober la lune.

– Mais je ne suis pas le commandant, je suis le chef de cabine et...

Lor Feuerbach pouffa de rire.

Le steward rougit, puis après s'être raclé la gorge, recula dans la travée.

– Si vous voulez bien me suivre, reprit-il d'une voix glaciale.

Les deux flics se levèrent, récupérèrent leur bagage à main et suivirent le jeune homme en uniforme bleu nuit.

Au passage du flic, quelques passagers, hommes mais également femmes, lui lancèrent des regards de biais : décidément, non content de batifoler avec la brunette siliconée de la télé, le type était en plus accompagné d'une femme à la beauté sublime et à la plastique exceptionnelle.

– Ben, faut croire qu'y en a qui ne s'en font pas, murmura un touriste bedonnant en arborant un sourire grivois.

– Oh ! Raymond, veux-tu bien te taire, s'il te plaît, le rabroua sa femme.

Shrapnel et Feuerbach s'engagèrent dans le long couloir suspendu qui reliait la porte avant de l'avion à la passerelle d'embarquement.

Au bout du couloir, un homme de type sud-américain, habillé d'un costume noir et d'une chemise blanche, cravate et Ray-Ban sombres, leur fit signe de la main. Un vrai cliché ambulant, songea Shrapnel en rendant son salut au *G man*.

– Je suis l'agent spécial José Valbuena du *Federal Bureau of Investigation*, informa-t-il en serrant d'une poigne de fer les mains des deux flics français.

– Commandant Julien Shrapnel, brigade de répression du proxénétisme, police nationale, répondit le Français. Et cette belle plante est le lieutenant Lor Feuerbach, mon adjoint. Ne vous y fiez pas : c'est une tueuse ! Quel est le programme, agent spécial Valbuena ?

L'Américain toisa quelques secondes son homologue français. Son ton légèrement ironique ne présageait rien de bon. Mais il décida de ne pas en tenir compte. Il s'adressa ostensiblement à la belle femme blonde :

– Mes collègues nous attendent dans les bureaux du FBI. Nous vous ferons un topo de l'enquête en cours.

– Eh bien, *let's go* ! sourit Shrapnel en prenant par le bras Feuerbach.

L'agent Valbuena le fusilla du regard : ces Français se croyaient vraiment partout chez eux.

– Tu fais quoi, commandant ? murmura Feuerbach comme ils traversaient l'immense hall d'embarquement de l'aéroport Kennedy.

– Tu le voies bien : je joue les Français arrogants. Pas mal, hein ?

– Tu n'as pas trop à te forcer, on dirait. Mais pourquoi ce rôle de composition ?

– Je n'ai pas envie de faire ami-ami avec les mecs du FBI. Qu'ils me prennent pour un crétin de *Frenchy* me paraît la meilleure façon d'y voir clair.

– Tu vas encore entendre parler de Volochenko, commandant. Il est certain que le FBI va lui transmettre un rapport aux petits oignons sur l'arrogance de la police française.

– Peut-être mais d'ici là, le FBI ne nous fera pas le numéro du « meilleur service de police au monde » !

Valbuena, qui les précédait de quelques mètres, montra d'un geste de la main un impressionnant Chevrolet Blazer gris anthracite aux vitres fumées, stationné devant l'une des portes automatiques.

– Même leur bagnole prouve leur soi-disant supériorité technique... grogna Shrapnel à voix basse.

Federal Plaza était recouverte d'une fine pellicule de neige. Le froid mordant augurait d'un séjour glacé au pays de l'Oncle Sam, songea Shrapnel.

Toujours précédés de l'agent spécial Valbuena, muet durant tout le trajet qui les avait menés de JFK Airport au sud de Manhattan, le commandant Shrapnel et le lieutenant Feuerbach pénétrèrent dans un gratte-ciel.

L'ascenseur les mena jusqu'au 23e étage, l'antre du FBI à New York.

– Ah oui, j'oubliais... dit Valbuena en sortant deux badges de sa poche.

Deux badges sur lesquels étaient inscrits les noms des deux flics français.

Shrapnel éclata de rire : sur le sien était marqué « *Sergent* » ; sur celui de sa collègue « *Lieutenant* ».

– Hé ! Ho ! Je suis commandant. Pas sergent...

Valbuena n'esquissa même pas un sourire :

– Sauf qu'au FBI, commandant est l'un des plus hauts grades. Nous ne voulions pas qu'il y ait confusion.

– Alors, vous m'avez refilé un grade de sous-officier français, c'est ça ?

L'autre le toisait d'un regard noir, il n'avait pas goûté l'attitude du Français à l'aéroport. Et il semblait avoir la rancune tenace.

– Vous auriez dû me filer le grade de sergent de ville ! Ou même de garde-champêtre, tant que vous y étiez.

Feuerbach lui lança un regard amusé mais elle ne semblait pas mécontente de se retrouver un peu plus haut que son chef dans l'échelon américain.

La porte de l'ascenseur s'ouvrit et ils s'avancèrent dans l'immense *open space*. Les bureaux étaient vides. Quelques dizaines de personnes semblaient absorbées par la contemplation d'un écran de télévision suspendu au plafond, au fond de la grande pièce.

Un homme, très grand, le regard sévère, se retourna vers eux :

– *Hello* ! fit-il sans un sourire.

Il tendit une main immense, une véritable paluche de géant, à Shrapnel :

– Agent spécial Sam Torpe, dit-il.

Thorpe lui présenta une femme qui s'approchait à son tour :

– Agent spécial Kennedy.

Les salutations faites, ils levèrent à nouveau les yeux vers l'écran LD. Sur l'autoroute, une course-poursuite était engagée entre des voitures de police et une camionnette blanche à plateau arrière. Un bandeau au bas de l'écran indiquait « *Breaking news : Cleveland Car Chase* ». Une chasse à l'homme en direct !

– Les résultats de la finale du *Super Bowl* ? crut bon de plaisanter Shrapnel, en louchant discrètement sur le corps musclé de l'agent Kennedy.

– Pas vraiment, commandant, répondit Torpe sans détourner le regard des images de CNN. Le type dans le pick-up est un suspect dans notre enquête. Nos collègues de Cleveland l'ont pris en chasse. Un simple contrôle routier. Le hasard…

Et puis tout s'accéléra à l'écran : le conducteur de la camionnette percuta une voiture et son véhicule, après une violente embardée, s'immobilisa sur le terre-plein central. Il fut immédiatement cerné par les flics locaux, flingues au poing. La confusion était à son comble.

– Non ! Non ! Non ! grogna l'agent Torpe en serrant les poings.

Kennedy et Valbuena se tendirent eux aussi comme si leurs muscles allaient lâcher.

– *Don't shoot* ! murmura Valbuena.

L'homme sortit du pick-up accidenté en brandissant un revolver, ou un pistolet. Trois coups de feu claquèrent : les flics venaient de tirer. Le type s'écroula comme un pantin désarticulé.

– *L'Inspecteur Harry ne renonce jamais*, glissa Shrapnel à l'oreille de Feuerbach.

Elle émit une grimace pour lui signifier que ses plaisanteries devenaient déplacées. Elle commençait à craindre que la stratégie de Shrapnel ne leur attire plus d'ennuis que d'avantages.

À la télé, les flics bondirent sur l'homme à terre qui venait d'être touché à trois reprises. Le reporter, qui suivait en direct l'arrestation depuis un hélicoptère surplombant la scène, hurla dans son micro que l'homme était vivant. En effet, les jambes du suspect bougeaient, attestant que la vie ne l'avait pas entièrement quitté. Pas encore. Aussitôt un bandeau rouge annonça : « *The suspect is hurt* ».

– Ok ! fit l'agent Torpe. On file à Cleveland avant que le suspect ne claque. Il faut l'interroger au plus vite !

Il s'arrêta dans son élan et pencha la tête de côté comme si cette étrange position favorisait sa réflexion.

– Vous, vous nous accompagnez ! lança-t-il aux deux Français.

– Encore heureux... grommela Shrapnel entre ses dents.

L'agent Kennedy rangea un ordinateur portable et des dossiers dans une mallette, Valbuena l'imita.

Les trois agents du FBI et les deux officiers de la BRP foncèrent alors vers l'ascenseur. Mais au lieu de descendre, ils montèrent jusqu'au dernier étage. Ils gravirent un escalier en acier qui menait sur le toit de l'immeuble de Federal Plaza. Le froid polaire les cueillit lorsque la porte s'ouvrit : les pales d'un hélicoptère Bell 430 noir faisaient tournoyer des volutes de neige.

– Baissez la tête ! cria Torpe en direction de ses homologues européens. Vous n'êtes sans doute pas habitué à ce genre d'appareil dans la police parisienne…

– Chez vous, on coupe les têtes aux gens mais ici, ce n'est pas dans nos habitudes, lança Kennedy en riant.

Valbuena eut un hoquet de mépris à l'égard des flics français.

Shrapnel et Feuerbach en furent estomaqués : les hostilités étaient donc ouvertes, songea Shrapnel.

Ils s'engouffrèrent dans l'habitacle.

– *Go* ! ordonna Torpe au pilote lorsqu'il eut attaché sa ceinture.

Et l'hélicoptère s'éleva au-dessus de New York.

7

L'homme, plutôt beau, bien qu'un peu empâté, fixait la télévision.

Une minuscule diode rouge sur le haut d'une caméra HD posée sur un trépied indiquait que la batterie était chargée. L'écran de la télé demeurait l'unique source de lumière dans l'obscurité presque totale de la pièce.

L'homme était nu, assis dans le fauteuil imitation Voltaire d'une chaîne de magasins d'ameublement suédoise. L'une de ses mains agrippa les cheveux de la jeune fille, nue elle aussi, à genoux devant lui. L'autre main triturait un petit pendentif qui représentait un homme aux cheveux très noirs, portant moustache sur le visage et foulard autour du cou. Mains posées à terre, la fille devait se livrer à un va-et-vient sur le sexe de l'homme enfoncé dans sa bouche.

Un silence juste entrecoupé de ses hoquets régnait dans le noir.

Un peu plus loin, on entendait tout de même le souffle d'une autre personne : un très jeune garçon menotté à un radiateur en fonte. Lui et la jeune fille venaient d'être les acteurs d'un film pornographique amateur. Le jeune garçon avait dû s'y soumettre après avoir été enlevé et drogué quelques heures auparavant ; la jeune fille, dans un premier temps, avait accepté d'y participer moyennant 150 euros. Le prix de quelques jours de liberté pour une gamine de seize ans, en fugue depuis six mois. Elle déchanta bien vite.

Après lui avoir fait tout ce que les admirateurs de pornographie pédophile attendaient d'un tel spectacle, l'homme avait attaché le gamin au radiateur. Devant les images d'une chaîne américaine d'info en continu, il ordonna alors à la jeune fille de lui prodiguer une fellation. Bien qu'effrayée par la vigueur quasi animale de son « employeur », elle ne put refuser.

Les images tournaient en boucle sur une scène filmée depuis un hélicoptère : des voitures de police américaines garées autour d'un pick-up blanc sur une autoroute, semblait-il en banlieue de Cleveland. En tournant un peu la tête, la jeune fille put lire, sur le bandeau en bas de l'écran, quelque chose comme « *Sexual Exploitation of Children* » et « *Car Chase on Interstate 71* ».

À l'écran, le conducteur du pick-up sortit de son véhicule et se fit abattre par les forces de l'ordre.

– Oh ! *Mierda* ! hurla l'homme en sursautant.

La jeune fille se dégagea mais il l'attira à nouveau vers son sexe et cette fois, imprimait des mouvements encore plus violents contre sa tête.

– Vas-y, *putana* ! grogna-t-il en continuant de fixer l'écran.

Soudain, une porte s'ouvrit et une femme blonde, grande, vêtue d'un ensemble jupe tailleur élégant, pénétra dans la pièce. Elle referma la porte et tout redevint obscur.

– C'est Javier Peña, fit l'homme en montrant la télé.

– Je sais : il est à l'hôpital, répondit la femme. Avec le FBI.

– *Mierda* ! *Mierda* !

– On s'en fiche. Nous maintenant, on s'en fiche. L'Amérique, c'est de l'histoire ancienne pour nous…

Et elle fourra une langue lascive dans la bouche de son amant.

Puis, elle plaqua une main ferme contre la tête de la jeune fille pour relancer le mouvement. Il ne fallut que quelques secondes pour que l'homme jouisse dans un affreux borborygme.

La femme au tailleur disparut alors dans l'obscurité puis une lumière crue éclaira la pièce : une chambre seulement meublée d'un large lit, d'une télévision, du fauteuil imitation Voltaire et d'un radiateur en fonte auquel était menotté un adolescent de treize ou quatorze ans.

– *Vamos a bailar*, sourit la femme au tailleur impeccable en déclenchant la caméra orientée vers le lit.

L'homme se leva, détacha l'adolescent et le poussa sur le lit. D'un signe, il ordonna à la jeune fille de le rejoindre :

– Baise-le ! lança-t-il en montrant un godemiché par terre.

Des larmes firent couler le rimmel bon marché de la jeune fille, au point de recouvrir son visage d'un masque gothique. Elle tremblait, consciente de ne jamais quitter cet endroit sordide. Pas vivante en tout cas. Mais elle se sentait incapable d'esquisser la moindre tentative de fuite.

L'adolescent, couché sur le ventre, sanglotait.

– Baise-le ! ordonna l'homme, hors de lui.

La jeune fille saisit le godemiché et s'exécuta.

Une ou deux minutes seulement.

Car derrière elle, la femme fit glisser sa jupe et son tailleur. Désormais seulement vêtue d'un cardigan de soie grise à manches longues, elle se caressa quelques secondes l'entrejambe, un peu mécaniquement, comme si cela faisait partie du scénario du film. Dans sa main droite, elle tenait une feuille de boucher.

Les yeux écarquillés, l'homme sourit d'un air fasciné. Une bête sauvage, songea la jeune fille en pénétrant l'adolescent.

Et puis, la femme lui abattit son hachoir sur la nuque. Un coup d'une violence extrême brisa net les cervicales de la jeune fille. Celle-ci, morte, s'écroula sur l'adolescent. Le gamin se mit à hurler, tenta de se retourner mais le sang l'aveuglait déjà.

Il poussa un cri d'effroi terrible, organique, plus profond que le plus profond désespoir. La femme frappait avec son arme, peut-être au hasard. Elle s'acharnait comme si elle supprimait un ennemi mortel.

D'une certaine manière, c'était ce qu'elle faisait : elle tuait l'insouciance, la jeunesse et la beauté.

Son bras retomba enfin le long de sa hanche, elle reprenait lentement son souffle.

L'homme se leva, éteignit la caméra :

– Ces Français sont d'excellents acteurs, déclara-t-il dans un large sourire, avec un accent mexicain.

8

Au travers de la vaste baie vitrée de la salle d'attente des urgences chirurgicales du Fairview Hospital, Julien Shrapnel et Lor Feuerbach admiraient la Rocky River prise par la glace.

– Aux infos, ils parlent de vortex polaire, dit le lieutenant en haussant les épaules. On va se croire à Cannes quand on va retrouver Paris après Cleveland…

Le commandant de la BRP hocha silencieusement la tête. Il se demandait si sa présence dans ce vortex polaire était vraiment nécessaire. Quelque chose lui disait que c'était en France que son enquête avait des possibilités d'avancer. Ici, il avait l'impression de faire de la politique.

– Cette collaboration *in situ* entretiendra la bonne entente entre les services de police américains et français, avait dit le commissaire principal Vlad Volochenko lorsqu'il avait embarqué à Roissy-Charles-de-Gaulle.

Des pas résonnèrent sur le lino du couloir qui menait aux salles de soins intensifs. Ceux de l'agent spécial Kennedy.

– Alors, des news ? fit Shrapnel en se retournant.

– Sam sait y faire pour délier les langues.

Shrapnel lui adressa un sourire cynique : on employait donc la *méthode forte* au FBI ?

– Il lui a promis que sa fille de huit ans qui vit au Mexique serait prise en charge par les services sociaux de son pays, expliqua la jeune femme brune. En échange de quelques renseignements.

– Ce type a une fille de huit ans ? s'étrangla Feuerbach. Et ça ne l'empêche pas de participer à un réseau pédophile. L'enfoiré…

– Selon les statistiques du Bureau, les pédophiles ont souvent des enfants, expliqua Kennedy. Et souvent, ils ne les touchent pas et se comportent avec eux comme des parents modèles. Je crois que je comprends ce que vous voulez dire par « enfoiré », lieutenant.

À cet instant, Torpe et Valbuena sortirent du couloir des soins intensifs, l'air sombre.

– Il est mort, fit Torpe.

– Vos promesses ne lui ont pas plu ? hasarda Shrapnel avec son sourire cynique.

– Possible, dit l'agent spécial, on ne le saura jamais. Mais il s'est mis à table (il insista sur l'expression) comme vous dites, vous les *Frenchies*.

Kennedy et Feuerbach sourirent à l'adresse de Shrapnel.

Celui-ci était avant tout un professionnel et il savait que le temps jouait contre eux. Et contre pas mal de gosses qui risquaient de se retrouver dans des *snuff movies* pour notables en manque de sensations fortes.

– Au temps pour moi, Torpe, admit-il, beau joueur. Avec ce genre de salopards, les promesses même les plus mensongères sont souvent nos seuls arguments. Qu'a-t-il dit ?

– Apparemment, ses complices – un homme et une femme – louent une maison, à Bellevue, une petite ville entre Cleveland et Chicago.

Kennedy extirpa son ordinateur portable de sa sacoche et fit apparaître une carte de la région. Torpe joua avec le pad quelques instants et finit par tapoter sur l'écran :

– C'est là ! Exactement là : 278, Louise Avenue à Bellevue.

– Qu'est-ce qu'on attend pour y aller ? fit Shrapnel.

– L'agent Valbuena a demandé un soutien du SWAT. Ils viennent de Chicago. On n'intervient pas sans eux. Et surtout, il faut nous assurer que les suspects sont sur les lieux.

– Et s'ils n'y sont pas ? interrogea Shrapnel.

– On y va quand même. Mais au moins, on saura à quoi s'attendre.

Le commandant de la BRP ouvrit de grands yeux dans un mouvement un peu trop théâtral :

– Laissez-moi vous raconter une histoire, agent spécial Torpe. Chez nous, en France, dans les années 90 et après l'an 2000, il y avait un prédateur sexuel hors normes : Michel Fourniret…

– Nous connaissons ce Fourniret, interrompit Kennedy en rempochant son ordinateur. C'est un cas d'étude à Quantico. Quantico, l'académie du FBI…

– Je connais Quantico, coupa à son tour Shrapnel : nos écrivaillons mettent un point d'honneur à glisser le nom de votre école dans leurs romans de gare. Ça fait authentique, paraît-il.

L'agent Kennedy plongea son regard vert dans celui du Français, elle commençait à le trouver insupportablement… français !

– En décembre 1987, Fourniret enlève, viole et assassine une adolescente de dix-sept ans, puis plusieurs autres, des gamines toujours. Jusqu'à 1990, année où on l'arrête pour une simple histoire de faux papiers. On le relâche parce que les faits sont prescrits, vous imaginez ? On relâche un psychopathe qui va disparaître en Belgique et continuer son périple meurtrier. Croyez-en mon expérience : ces types ne s'arrêtent jamais ! Alors, vos suspects, il faut les choper immédiatement sinon ils vont continuer. Il faut les choper avec ou sans le GIPN local.

Les agents spéciaux fixaient Shrapnel. Torpe souffla longuement :

– Je comprends vos inquiétudes, sergent…

– Commandant, merde ! explosa Shrapnel. Je suis commandant ! Je dirige le groupe Cabaret de la Brigade de répression du proxénétisme, je ne suis pas un de vos flics de cinoche qui bouffe des *donuts* en patrouillant dans sa bagnole, moi !

– Le commandant Shrapnel a raison, agent spécial, argumenta Feuerbach : ce type de criminel développe une méfiance proche de la paranoïa. Et il est évident que vos suspects ont dû suivre la course-poursuite à la télévision, eux aussi.

– Peut-être que vous nous considérez comme des « flics de cinoche », vous aussi, dit Torpe un peu plus courtois à l'égard de la belle Feuerbach. Mais sachez que nous respectons la loi : nous n'avons plus le droit de réaliser des *Sneaks and peek warrant*, des perquisitions comme vous dites, en l'absence de la personne perquisitionnée. Le *Patriot Act*, c'est du passé !

Shrapnel, lui, n'était pas calmé mais sa voix se fit aussi plus douce :

– Alors, suivons votre putain de procédure, Torpe ! Mais je vous fiche mon billet que vos suspects seront loin quand on débarquera chez eux.

Les flics français et américains patientèrent dans la salle d'attente des urgences du Fairview Hospital pendant une heure encore. Le temps de siroter des cafés lyophilisés en silence.

À un moment, Shrapnel s'éloigna pour téléphoner en France, rue de Lutèce à la BRP. Le capitaine Mathieu Le Deuff lui annonça qu'il partait en banlieue, du côté de Marne-la-Vallée : deux corps d'adolescents avaient été retrouvés. Apparemment, il s'agissait d'une boucherie – un des gendarmes qui avaient vu les corps avait craqué et il avait dû être hospitalisé. Shrapnel sentit que son subordonné était stressé à l'idée de se rendre sur place : Le Deuff avait beau croire en un paradis après la mort, il était parmi ses hommes celui qui supportait le moins la vue d'un cadavre. Surtout un cadavre d'enfant.

Lorsque Shrapnel revint dans la salle d'attente, il avait perdu son air cynique et goguenard :

– Quelque chose me dit que vos suspects sont loin, agent spécial Torpe.

– On va bientôt être fixés, commandant, répondit le *G-man* : le SWAT est en route et on a l'autorisation du *District Attorney* pour pénétrer dans la maison. *Let's go* !

Quelques minutes plus tard, un 4 × 4 Chevrolet Blazer sombre aux vitres fumées s'engageait sur la Highway 80 en direction de Toledo, vers l'ouest. L'agent Valbuena conduisait. À sa droite, Torpe restait en contact avec les troupes du SWAT qui approchaient de l'objectif.

Bientôt, le véhicule du FBI longea le Lake Erie jonché d'énormes glaçons gris. Des bourrasques de vent faisaient danser la neige au dessous des flots, c'était un spectacle presque lugubre.

À l'arrière de la voiture, Shrapnel, Feuerbach et Kennedy passaient en revue le dossier du FBI sur le réseau de pornographie pédophile. L'agent spécial aux yeux verts semblait connaître les méandres de cette enquête sur le bout des doigts.

– Vos suspects, ils ont quel profil, selon vous ? fit Shrapnel en laissant son regard se perdre dans le paysage enneigé.

Kennedy se pencha légèrement vers lui. La question avait été posée sur un ton sérieux, grave même. Pour la première fois peut-être depuis l'arrivée des Français aux États-Unis, elle se prit à considérer le flic à la belle gueule comme un professionnel qui traquait des criminels – peut-être même avec une certaine réussite.

– Les pédo-criminels qui font commerce de leurs crimes ont généralement une personnalité égocentrique, répondit la jeune femme. À 85 %, des hommes. Complètement imperméables aux remords et indifférents à la douleur des victimes et de leur famille.

– Ce sont des suspects extrêmement dangereux, intervint Torpe, toujours le téléphone à l'oreille. C'est pour ça que je voulais que le SWAT soit en première ligne.

– Selon nos experts, glissa Feuerbach, ce type de criminel est également obnubilé par le fantasme de la virginité chez ses victimes.

Il y eut un petit silence. La pourriture de cette enquête ne semblait jamais devoir s'atténuer.

– Selon les experts du FBI, aussi, lieutenant Feuerbach, précisa Torpe.

Il s'était retourné et par-dessus le siège, adressa un léger sourire à sa belle collègue française.

9

– On y est bientôt ! déclara alors Valbuena en pénétrant dans la localité de Bellevue.

Le Chevrolet Blazer remonta la rue principale et se gara juste derrière deux Cadillac Escalade noires.

Torpe descendit et se dirigea vers la portière passager avant du premier véhicule des SWAT. Il échangea quelques mots avec un officier à la coupe de cheveux digne d'un *Marine* puis revint dans son véhicule.

Valbuena démarra et suivit les deux Cadillac. Ils tournèrent sur Southwest Street et au bout de quelques centaines de mètres s'arrêtèrent non loin d'un parc de jeux pour enfants. Là, une dizaine d'hommes, casqués, vêtus de combinaison en kevlar et armés de fusil d'assaut M16 descendirent des 4 × 4 du SWAT.

– On y va ? fit Shrapnel dans le Chevrolet Blazer.

Torpe observait la scène, penché sur le tableau de bord.

– Laissons d'abord faire le SWAT, commandant, dit l'agent Valbuena.

Shrapnel se laissa retomber sur la banquette :

– En France, nous sommes toujours en première ligne. Ça évite que les gros bras fassent des cartons sur les suspects.

– Ici, c'est le SWAT qui est en première ligne, répondit Valbuena, l'air incrédule.

– Les hommes du SWAT sont parfaitement entraînés, précisa Torpe.

– On a vu ce que ça a donné, l'entraînement de vos flics, sur l'autoroute de Cleveland…

Feuerbach lui lança un regard ironique : en France, comme partout ailleurs, les troupes d'élite ouvraient toujours la marche.

Les hommes en armes trottinèrent jusqu'à une espèce de grand chalet en bois. Quelques têtes apparurent aux fenêtres des maisons voisines mais personne ne sortit. Feuerbach et Shrapnel songèrent qu'en France, un tel aréopage d'hommes armés aurait forcément attiré tous les curieux du coin en quelques instants. Aux États-Unis, il semblait que les citoyens respectaient encore scrupuleusement les forces de l'ordre.

Après avoir sécurisé les environs du chalet, les gros bras du SWAT pénétrèrent à l'intérieur. En douceur, armes aux poings, protégés par des boucliers de kevlar.

Schrapnel souffla bruyamment, manière de rappeler sa prophétie : les suspects étaient loin. Et de fait, au bout de quelques minutes, l'officier commandant le groupe d'assaut sortit sur le perron et adressa un signe du plat de la main à Torpe : personne.

– Je vous l'avais dit !

– Et vous aviez raison, reconnut l'agent spécial en descendant de voiture. Allons inspecter les lieux !

Les autres flics sortirent à leur tour.

Quelques habitants apparurent alors sur les trottoirs adjacents. Des mères de familles serraient contre elles leurs enfants : se pouvait-il qu'un criminel vive juste à côté de chez elles ?

L'intérieur du chalet évoquait la maison typique de ces familles de classe moyenne supérieure qui habitaient dans les environs. Meublé avec un goût sans extravagance dans une des grandes enseignes d'ameublement, une télé à écran large fixée au mur, une cuisine très bien équipée, des photos de vacances accrochées sur le frigo. Rien d'exceptionnel. Mais quelque chose ne collait pas dans cet environnement confortable.

Les flics du FBI avaient enfilé leurs gants de latex et passé les chaussons de tissu. L'agent spécial Kennedy tendit deux paires de gants et de chaussons à ses homologues français.

– On se croirait dans un appartement témoin ! fit Shrapnel.

Kennedy l'interrogea d'un froncement de sourcils.

– Personne ne vit ici, expliqua le commandant de la BRP. On dirait la maison témoin d'un promoteur immobilier. Regardez sous la table basse : pas de magazine !

Il montra du doigt les murs du salon :

– Les bibliothèques ne sont remplies que de classiques – enfin, j'imagine que Edgar Poe, Jack London ou Henry James sont des classiques aux États-Unis. Chez nous, c'est plutôt de la littérature exotique, mais chez vous...

Ensuite, il passa derrière le bar qui séparait la cuisine. Les agents du FBI et Feuerbach l'observaient, intrigués :

– Sur les étagères de la cuisine : pas de nourriture. Je parie que le frigo est vide.

Il tira brusquement les portes du réfrigérateur à deux battants : vide aussi !

– Ma main à couper que les armoires et les tiroirs sont également vides. Non seulement vos suspects sont loin mais cette maison n'a jamais été habitée.

– Le type à l'hôpital nous a dit que cette maison appartenait à ses complices. Pourquoi nous aurait-il menti ? s'interrogea Kennedy.

– Il ne nous a pas menti, répliqua Torpe, qui savait faire parler les suspects. Je suis certain qu'il ne nous a pas menti…

– Il ne vous a pas menti, continua Shrapnel en jetant des coups d'œil dans toutes les pièces. Je dis seulement que vos suspects ne « vivaient » pas ici. Par contre, c'était peut-être leur « lieu de travail », si vous voyez ce que je veux dire. Il doit y avoir une pièce dérobée dans laquelle ces salopards tournaient leurs horreurs…

Il se mit alors à taper sur les murs. D'un coup de pied, il souleva un tapis au milieu du couloir qui menait aux chambres.

Les autres flics l'imitèrent aussitôt.

Debout dans le hall d'entrée, deux officiers des SWAT les regardaient comme s'ils étaient fous.

– Vous cherchez quoi, agent Torpe ? fit l'un d'eux avec un petit sourire narquois.

– Une putain de pièce dérobée, répondit l'autre.

– Il y a un sous-sol sous cette baraque, balança le SWAT.

Les cinq flics s'immobilisèrent en même temps.

L'officier fit une grimace de gêne :

– Ben ouais, il y a un sous-sol. Une trappe là-bas dans le garage…

– *Fuck* ! grogna Torpe en entraînant à sa suite ses collègues américains et français.

Il y avait effectivement une trappe sur le sol du garage.

Il y avait effectivement un sous-sol sous le chalet.

Et dans cet endroit aux murs de béton brut, éclairé par des néons qui distillaient une lumière froide et clinique, des innocents avaient vécu l'enfer.

Shrapnel sentit Feuerbach faire un effort surhumain pour garder son calme. Les flics imaginèrent, en même temps, l'horreur qui avait habité ces lieux. Torpe et Kennedy restèrent silencieux, ils hochèrent la tête comme s'ils cherchaient à faire craquer leurs cervicales devenues raides sous l'effet d'une violente tension nerveuse. Seul Valbuena paraissait impassible : son regard allait et venait, sans doute dans l'espoir de quelque indice...

Mais les menottes attachées à des cerceaux pris dans le béton des murs, le large lit au matelas de toile tachée de sang et d'autres substances corporelles ne donneraient d'autre indice que l'ADN des victimes. Seul le silence témoignait des horreurs passées. Feuerbach s'approcha du mur aux menottes, passa délicatement sa main gantée de latex sur le béton et se mit à pleurer :

– C'est pas possible ! murmura-t-elle.

10

Shrapnel et Kennedy s'approchèrent à leur tour.

Torpe ne bougea pas, telle une vaste montagne immuable : il avait compris ce qu'avait découvert la jeune femme.

– Bordel de Dieu ! jura Shrapnel en s'écartant brusquement du mur.

Kennedy se retourna vivement et sortit du sous-sol en suffoquant. Feuerbach la suivit aussi vite.

Julien Shrapnel, lui, ne parvenait à détourner les yeux des légères rainures qui avaient été creusées par les ongles des victimes, attachées en attente du supplice. Mais ce qui manquait de lui faire perdre l'esprit, c'était un ongle encore incrusté dans le béton. Un ongle d'enfant…

– On dégage, commandant ! ordonna enfin Torpe.

– Oui, il n'y a plus rien à voir ici, dit Valbuena d'une voix étonnamment calme.

Shrapnel se força à reculer et remonta à la surface. L'air glacial qui envahit sa gorge et ses poumons le ramena à la réalité.

Les flics français et américains – même les hommes ultra-entraînés du SWAT – gardaient un silence douloureux. Pour l'instant, aucun mot ne pouvait traduire leur sentiment d'écœurement à tous.

– On fait quoi, maintenant, Sam ? demanda Valbuena à Torpe.

Celui-ci lui lança un regard méchant :

– Notre boulot, qu'est-ce que tu crois ? Tu voudrais aller boire une bière au bar du coin, peut-être ?

Valbuena baissa le regard et secoua la tête comme un gamin qu'on venait de prendre la main dans le pot de confiture.

Torpe fit alors un signe de la main à Kennedy et avec elle, il rentra dans le chalet.

– Ça va, Lor ? fit Schrapnel en s'approchant de sa subordonnée.

– Non, non, ça va pas... et j'ai l'impression que ça n'ira jamais plus.

Le commandant de la BRP passa une main douce sur la nuque blonde de la jeune femme. Sa peau était constellée d'une légère chair de poule.

– Si tu tiens à faire carrière aux mœurs, il va falloir t'endurcir, petite...

– Merci du conseil, commandant ! lança-t-elle à son chef en se dégageant brusquement.

Schrapnel se trouva un peu stupide : remonter le moral de ses troupes, ça n'avait jamais été son fort mais là, il avait franchement manqué de savoir-faire !

Feuerbach le dévisageait, les yeux embués de larmes.

– Comment tu peux supporter ça, toi ?

– Mais je ne supporte pas, Lor. Je ne supporte pas...

Ils se regardèrent quelques instants. Un petit nuage de condensation s'échappait de leurs lèvres entrouvertes. Et le silence laissait filtrer une certaine tendresse.

– Commandant, lieutenant ! cria l'agent spécial Kennedy depuis le perron de la porte du chalet. On a trouvé quelque chose !

Les deux Français rejoignirent l'agent du FBI. Au fond du couloir, Torpe glissait un document à moitié déchiré dans une poche plastique : à voir la grimace ennuyée qui déformait son visage, il s'agissait d'une pièce à conviction embarrassante.

– C'est quoi, ça ? fit Shrapnel.

– Un bon d'achat de billets d'avion, répondit Kennedy.

Le Français eut un petit sourire :

– On peut savoir pour quelle destination ?

– La France, commandant.

Shrapnel haussa les sourcils : les suspects étaient loin, il l'avait dit.

– Eh bien, je crois qu'on va bientôt devoir vous rendre votre hospitalité, messieurs.

Mais les membres du FBI ne partageaient pas sa bonne humeur déplacée. Ils semblaient même un peu trop préoccupés.

– Qu'est-ce qu'il se passe, Torpe ?

Torpe lui tendit le sac plastique :

– On n'aurait jamais dû retrouver ça, expliqua-t-il : ce papier a été glissé dans le broyeur d'ordures de la cuisine. Sauf qu'apparemment, en partant, l'un des suspects a déconnecté le fusible du tableau électrique un peu trop rapidement.

Shrapnel vit en effet que la partie supérieure de la feuille de papier manquait.

– Ce document est une sortie imprimante d'une réservation faite par Internet, continua Torpe en tapotant sur le clavier de son Smartphone. Regardez le pseudonyme utilisé pour la réservation !

– *Theway*, lut Shrapnel.

Les agents du FBI se turent, comme s'il était soudain devenu extrêmement dangereux de prononcer certains mots.

– Theway : the way, la route, le chemin... autrement dit, en espagnol, *El Camino*, déclina Torpe.

– Qu'est-ce que c'est *El Camino* ? fit Feuerbach en plongeant son regard clair dans celui tout aussi clair de Torpe.

– L'un des surnoms de Carlos Cárdenas.

– Et qui est ce Cárdenas, bon sang ? s'emporta Shrapnel en rendant la pièce à conviction à Torpe.

– Il comptait parmi les chefs d'un des cartels mexicains de la drogue. L'un des plus dingues. Un vrai psychopathe. On dit que du temps où il régnait sur les narcos de l'État de Chihuahua, il organisait des fêtes pédophiles. Nos collègues mexicains le soupçonnent d'une centaine de meurtres à Ciudad Juarez. La plupart sur des enfants ou de très jeunes filles. Vous avez entendu parler de Ciudad Juarez ?

Le Français acquiesça en plissant les yeux. Bien sûr qu'il avait entendu parler de cette ville du nord du Mexique, sur la frontière avec les États-Unis. Comme tous les flics qui bossaient sur des affaires de crimes sexuels. Et plus d'une fois, en entendant les informations venant de ce coin maudit, il s'était dit qu'il avait de la chance d'être flic en France. 1 700 cadavres de femmes âgées de treize à vingt-cinq ans avaient été retrouvés au cours des dernières années. On comptait également 2 500 disparues. Et puis, 200 corps trop endommagés par la violence des tortionnaires pour être identifiés. Les autorités locales soupçonnaient les narcos d'être les responsables de ces meurtres. Mais rien n'avait jamais été prouvé.

Et puis, Shrapnel savait aussi que dans le SAS n° 190, Son Altesse Sérénissime avait eu maille à partir avec les narcos du coin. Il avait même failli y laisser sa peau. *Ciudad Juarez : pour Malco, pire que l'enfer !*

– El Camino est en fuite depuis deux ans... Il se cachait aux États-Unis.

Les cinq flics regardaient leurs pieds, une manière primitive d'essayer de rassembler leurs idées.

Shrapnel se frotta le visage de ses deux mains :

– Putain, Torpe, vous êtes en train de me dire que ce taré de Camino a traversé l'Atlantique et qu'il est en France ?

Torpe observait le minuscule rictus nerveux qui agitait la paupière droite de Shrapnel. Il hocha lentement la tête :

– Je crois que vous allez effectivement être obligé de nous rendre notre hospitalité, commandant.

11

Les environs de Lagny-sur-Marne abritaient encore le témoignage de la violence des combats menés lors de la Première Guerre mondiale. Derrière le lycée Van Dongen, le bois de Chigny présentait un sol étrangement vallonné : les dernières marques d'un bombardement allemand lors de l'avancée des troupes du Kaiser en 1914. D'habitude, les familles venaient y prendre l'air au printemps et en été, après le repas dominical. Dans la semaine, des classes de lycéens y faisaient parfois un jogging lors de leur cours de sport. Quelques demeures bourgeoises parsemaient les allées du bois mais l'endroit était calme, la plupart du temps silencieux.

Et ce matin-là, dans le froid hivernal, un promeneur venait de découvrir deux cadavres violemment torturés au pied d'un immense chêne. La gendarmerie locale avait immédiatement joint la PJ qui avait transmis à la BRP. C'était le capitaine Mathieu Le Deuff qui avait récupéré le cas. Juste avant de quitter les bureaux du groupe Cabaret, il avait aussi parlé avec son chef qui se trouvait à Cleveland.

Le Deuff gara sa Renault Mégane de service à l'entrée de l'ancien chemin de la Grange-des-bois qui se trouvait sur la commune de Montévrain. Il parcourut lentement la centaine de mètres qui menait à une ancienne maison de chasse en lisière de la forêt. Déjà, il apercevait trois véhicules de gendarmerie et la camionnette de la police scientifique. Peut-être essayait-il de se préparer mentalement au spectacle qu'il allait devoir observer. Sous le choc de cette découverte, un des gendarmes qui avaient constaté la mort de l'adolescent et de la très jeune fille n'avait-il pas été hospitalisé… Mais il était du devoir de Le Deuff de se rendre sur place et de tenter de prélever quelque indice. C'était un passage obligé pour faire avancer l'enquête et empêcher que de tels actes se reproduisent.

Lorsqu'il s'approcha de la scène de crime, il vit la mine déconfite des quatre gendarmes postés en avant-poste pour prévenir l'arrivée de badauds ou de journalistes.

– BRP, Le Deuff, annonça-t-il en montrant son badge à l'un des gendarmes.

Celui-ci salua réglementairement, la main au front.

– C'est moche, capitaine, prévint-il d'une voix étrangement enrouée.

Le Deuff le dépassa sans un mot.

Il se planta devant deux corps recouverts de couvertures grises.

Un homme de la police scientifique était accroupi et attendait un signe du flic de la BRP. Le Deuff hocha la tête et le légiste retira d'un geste ample les deux couvertures.

– Dieu tout puissant ! s'exclama le flic.

Il n'eut que le temps de se retourner pour vomir son petit-déjeuner et les trop nombreux cafés ingurgités depuis son réveil. Une vague glacée lui parcourut la colonne vertébrale alors qu'une sueur brûlante lui couvrait le front et la nuque. Il dut se concentrer une minute pour ne pas se laisser submerger par le malaise.

– Ça va, capitaine ? fit le légiste en l'aidant à se tenir debout.

Le Deuff ne répondit pas.

– Tous les hommes sont allés dégueuler au moins une fois, souligna-t-il en lançant un regard aux flics présents autour des deux cadavres. On n'est jamais préparé à voir des choses pareilles…

Les corps avaient sans aucun doute été mutilés avec la même arme que celle du *snuff movie* visionné par le groupe Cabaret dix jours auparavant au 3, rue de Lutèce. Une feuille de boucher ou quelque instrument de la sorte. L'acharnement avait aussi été le même. Les gosses avaient été violés plusieurs fois, ça ne faisait pas de doute, admit le légiste.

– Leur calvaire a duré plusieurs heures…

Le Deuff fit un geste bref de la main et le type de la scientifique recouvrit à nouveaux les cadavres.

– Faut que vous les chopiez vite, capitaine, dit-il en se relevant. C'est pas Dieu possible des choses comme ça.

– Non, bredouilla Le Deuff, c'est pas Dieu possible…

Puis, il fit quelques pas autour du périmètre délimité par les bandes de plastique sur lesquelles on pouvait lire « *gendarmerie nationale – zone interdite* ». Des traces de pas avaient bien été relevées ça et là, mais rien d'autre n'avait attiré l'attention de la police scientifique, dixit le légiste.

– Malheureusement, on n'est pas dans une série américaine : une scène de crime ne parle pas toujours.

Un colonel de gendarmerie à lunettes épaisses attendait un peu plus loin. Il tapotait sur une tablette numérique d'un air détaché. Le Deuff s'approcha :

– Je suis le capitaine Le Deuff de la BRP. Nous sommes en charge d'une enquête concernant des films pornographiques impliquant des mineurs. Il se pourrait que ces meurtres soient liés à notre enquête.

L'officier repoussa ses lunettes sur son nez :

– Je vous enverrai le procès-verbal et le rapport du légiste via Internet. Vous le recevrez avant la fin de la journée.

– Parfait, parfait. À part ça : on a des pistes ?

– Non, rien de rien. Peut-être que les cadavres nous en diront plus. Ah si ! se ravisa-t-il.

Il se pencha vers un attaché-case en fer gris et en retira une pochette plastique transparente.

– On a trouvé ça sur le chemin, là-bas, près des traces de pneus.

– Des traces de pneus ?

– Oui, on a relevé des traces de pneus soupçonnées d'appartenir au véhicule qui a déposé les cadavres cette nuit.

Le Deuff approcha son visage de la pochette plastique. Elle contenait une petite figurine en plâtre mesurant à peine cinq centimètres. Elle représentait un homme à moustaches et aux cheveux noirs, qui portait un foulard autour du cou. Sur son torse, on pouvait lire : « *Ciudad Juarez para la santa muerte* ». Le haut du crâne manquait, comme si la figurine avait été fixée à un porte-clefs ou à un collier.

– C'est quoi ça ?

– Aucune idée. Faudra faire des recherches sur le Net.

Le Deuff considéra le colonel :

– Vous croyez qu'Internet va tout résoudre ? Que les flics vont disparaître et que, avec l'aide de votre ordinateur, vous allez attraper ces tueurs d'enfants ?

Il avait prononcé ces paroles sur un ton lourd de reproches.

– Faut vivre avec son temps, capitaine, répliqua le colonel. Internet est un outil fabuleux pour qui sait s'en servir. Encore faut-il savoir l'utiliser…

Le Deuff se sentit las, envahi par la nausée.

– Les gamins qui se sont fait écharper, dit-il d'une voix caverneuse en pointant un doigt tremblant vers les corps au pied du chêne centenaire, on va sans aucun doute les retrouver dans des films qui circuleront sur Internet. Votre outil fabuleux, moi, je vois ce qu'il peut donner, colonel.

Le gendarme se raidit, ses zygomatiques roulèrent sous ses joues. L'éternelle scène de rivalité entre la police et la gendarmerie se rejouait dans ce bois. Mais ce n'était ni le lieu, ni le moment, songea Le Deuff en regagnant son véhicule.

Il prit la pochette contenant la figurine :

– Je vous emprunte ça. On vous fera parvenir un récépissé de pièce à conviction… via Internet !

Il salua d'un vague signe de la main en s'éloignant :

– J'attends donc vos mails, colonel. Et faites-les moi parvenir rapidement ! Avec un peu de chance, ça nous donnera quelque chose. Bonjour chez vous !

Le Deuff regagna sa voiture et s'installa derrière le volant. L'envie de s'arrêter dans une église déserte et d'y passer le reste de la journée, loin de ses contemporains capables de telles atrocités, le titilla quelques instants. Il conduisit un peu au hasard dans les allées du bois de Chigny et parvint à regagner Lagny-sur-Marne, traversa le centre-ville sans trop y faire attention puis atteignit une zone commerciale et industrielle. L'échangeur qui menait à la Francilienne se trouvait non loin des entrepôts et des grandes surfaces d'électroménager ou de prêt-à-porter.

Juste avant de l'atteindre, l'esprit perdu dans la tristesse qui lui était tombée dessus comme une gangue de plomb, le flic manqua de percuter un camion de livraison. Un mouvement réflexe lui permit d'écraser in extremis le frein. Ses pneus crissèrent et la Renault Mégane de la BRP s'immobilisa à quelques centimètres de la carrosserie du bahut. Un jardinier avec un chapeau de paille bleu, blanc et rouge était dessiné sur le flanc du véhicule.

– Tu peux pas regarder où tu vas, pépère ? hurla le conducteur avec un fort accent alsacien.

Le Deuff souffla bruyamment, incapable de retrouver son calme pendant quelques longues secondes. Puis, il se donna une petite gifle et reprit sa route, ses jambes tremblant encore de peur. Rarement, dans l'exercice de son métier, il s'était senti autant déstabilisé : lorsqu'il fermait sporadiquement ses yeux, les corps mutilés dansaient sous ses paupières.

Et ils semblaient ne jamais devoir s'arrêter de danser…

12

Parfois la téquila et la cocaïne aidant, une vague de regrets l'envahissait. Le temps où il régnait sur la frontière, le temps où il était le plus puissant et le plus riches des *capos* de l'État du Chihuahua, le temps où il traitait d'égal à égal avec les ministres mexicains et les autres chefs des cartels de drogue, ce temps-là lui manquait.

C'était la bonne vie, comme il aimait alors à le répéter. Oui, tout le monde savait aux environs de Ciudad Juarez qu'El Camino savait mener la bonne vie.

Étrangement, ce n'étaient pas la DEA ou le gouvernement mexicain qui avaient réussi à le faire chuter de son piédestal. C'étaient des jeunes narcos, des gamins à peine majeurs, prêts à tout pour gagner des fortunes en un minimum de temps, qui l'avaient obligé à l'exil. Ces gosses, ils se fichaient pas mal de la réputation sanguinaire d'El Camino. Ils ne ressentaient aucune peur, ni celle de tuer, ni celle de mourir. Même El Camino avait dû se rendre à l'évidence : mieux valait fuir que de finir dans une cuve d'acide.

Trois de ses quatre principaux lieutenants, Alvares Juaron, Carloz Esposito et Isaac « Cabron » Hernandez, avaient disparu en un mois. D'abord, El Camino avait cru qu'ils s'étaient enfuis, effrayés par la guerre sans merci qui se préparait. Ils les avaient voués aux gémonies, insultant leur mère et toute leur descendance, menaçant de plonger leur famille dans un bain d'huile bouillante. C'était comme ça qu'on agissait avec les proches des traîtres. Mais leurs mères, leurs femmes et leurs enfants furent rapidement retrouvés dans des fosses communes au milieu du désert. Torturés, souvent violés et égorgés. Peu après, les têtes des trois lieutenants arrivèrent, par la poste, un matin de juillet. C'était la marque de ces nouveaux narcos bien décidés à lui ravir son pouvoir. El Camino n'était pourtant pas un ange, on le qualifiait même de *hijo de puta*. Un type qui assouvissait ses fantasmes avec des enfants ne pouvait être qu'un fils de pute. Mais, dans la barbarie, il n'était jamais possible de toucher le fond.

D'abord décidé à se défendre, il considéra qu'une tentative diplomatique était plus judicieuse. Il mandata son quatrième et dernier lieutenant, Javier Peña, pour tenter de négocier une paix acceptable avec les jeunes narcos. Peña disparut à son tour mais El Camino lui faisait assez confiance pour imaginer que les négociations étaient ardues et que c'était une histoire de quelques jours avant qu'il réapparaisse. Et avec lui, un retour aux affaires calme et serein.

El Camino qui avait toujours vécu dans et par la violence la plus abjecte s'efforça de continuer à vivre comme si sa vie n'était pas en grand danger. Un jour, alors qu'il s'apprêtait à partir en vacances dans sa magnifique villa de Veracruz quatre tueurs mitraillèrent une Bentley blanche devant l'aéroport international Roberto

Fierro de Chihuahua. C'était celle du cardinal de la ville. Mais El Camino n'était pas un imbécile : il roulait dans le même véhicule que l'ecclésiastique et savait qu'il y avait eu erreur. Cette erreur, seule, lui avait sauvé la vie.

Javier Peña était toujours injoignable. Dès lors, El Camino s'attendit à recevoir sa tête par la poste. Dans la soirée, trois de ses gardes du corps furent abattus, sa maison de Veracruz partie en fumée lors d'un attentat et dix de ses onze comptes en banque furent piratés et vidés. L'avertissement était clair, El Camino le comprit : on lui laissait un de ses comptes en banque pour qu'il puisse quitter le Mexique. Au petit matin, alors qu'il était retranché avec une demi-douzaine d'hommes de mains dans son hacienda des environs de Ciudad Juarez, quatre roquettes tirées par des RPG-7 de fabrication russe détruisirent l'aile sud de sa demeure. Immédiatement, un hélicoptère Bell UH-1 Iroquois armé d'une mitrailleuse 7,62 x 51 mm OTAN survola la propriété et ravagea méthodiquement ce qui restait des habitations. Trois gardes du corps perdirent la vie dans la fusillade, les trois autres tentèrent de s'enfuir. El Camino les abattit.

C'était la fin.

El Camino prit alors par la main Alicia Stanford, sa maîtresse, sauta dans son Aston Martin et fonça à la banque. De là, il transféra les fonds de son dernier compte utilisable dans une banque du Liechtenstein et réserva deux billets pour Chicago. Deux heures plus tard, Alicia dormait contre son épaule dans un airbus A330-200 de la compagnie US Airways.

L'année qui suivit fut plutôt agréable. Certes, la vie de nabab qu'il menait à Ciudad Juarez était désormais révolue mais dans les environs de Chicago et parfois à New

York, El Camino avait su monter un business qui répondait à ses deux seules véritables préoccupations depuis l'âge de ses douze ans : se faire de l'argent facilement et assouvir ses insatiables pulsions sexuelles.

Aidé par Javier Peña (son dernier lieutenant en vie, qui avait finalement réussi à traverser la frontière et à passer aux États-Unis à la barbe des narcos et de la DEA), d'un Américain d'origine mexicaine et de son indispensable Alicia, il développa un commerce de films introuvables sur le marché de la pornographie. Et pourtant, la demande était telle que de richissimes clients étaient prêts à débourser 100 000 dollars pour quarante-cinq minutes d'un spectacle qui se terminait par l'exécution de ses jeunes acteurs. D'ailleurs, plus ces acteurs étaient jeunes et terrorisés, plus le prix pouvait être élevé. Finalement, El Camino avait trouvé une activité qui, si elle ne rapportait pas au final autant que la vaste entreprise de trafic de drogue sur laquelle il avait régné pendant quinze ans dans le Chihuahua, lui permettait d'allier plaisir et travail. Le rêve américain ! affirmait-il dans un grand éclat de rire.

Mais le FBI était une officine de sécurité bien plus performante que le *Grupo de Operaciones Especiales* ou *l'Agencia Federal de Investigación*. Du temps de sa splendeur, El Camino avait corrompu les plus hauts responsables de la plupart des organismes constituant la police mexicaine. Aux États-Unis, aucun contact ne lui assurait la protection de quelque personnage influent. Même s'ils semblaient tourner en rond, les agents spéciaux s'étaient tout de même rapprochés de lui. Trop pour ne pas alerter son instinct de survie. Un matin, Alicia Stanford et lui avaient embarqué sur un Boeing 757-200 de la compagnie OpenSkies. Quelques heures plus tard, ils atterrissaient à l'aéroport d'Orly et disparaissaient à nouveau, en banlieue est de Paris.

En France, El Camino et sa maîtresse relancèrent leurs activités « cinématographiques ». Ils tournèrent deux films de type *snuff movie* en un mois, parvinrent à empocher 60 000 euros en en revendant un à un groupe de vieux millionnaires pervers suisses et 50 000 euros en remettant le second à un homme politique parisien. Ils crurent quelque temps que le vieux continent serait l'endroit idéal pour continuer à vivre selon leurs bons désirs. D'ailleurs, durant une semaine, ils dépensèrent allégrement leur argent dans les hôtels de luxe et les casinos de la Côte d'azur. Mais, de retour en Seine-et-Marne, ils assistèrent en direct à l'arrestation de Javier Peña sur une autoroute de la banlieue de Cleveland. El Camino sut que bientôt le FBI allait ramener sa sale gueule. Sa vie n'était décidément que fuite.

En Seine-et-Marne, les deux Mexicains avaient trouvé refuge dans une belle villa située aux abords du golf de Bussy-Saint-Georges. Il s'agissait d'une maison bourgeoise pour classe moyenne aisée ne se distinguant pas des habitations du quartier. Les voisins les saluaient poliment et ils leur rendaient leur politesse comme le voulait l'usage. Ils s'étaient fondus dans la masse.

Mais ils avaient également loué, discrètement, une ferme à l'abandon, non loin de là. Perdue au milieu des champs sous des hauts pylônes électriques, à quelques centaines de mètres de l'autoroute de l'Est, on pouvait la croire abandonnée. Une grange jouxtait l'habitation principale, c'est là qu'ils organisèrent leur studio de cinéma.

La nuit suivant l'arrestation et la mort de Javier Peña, El Camino déposa discrètement les corps de la jeune fille et de l'adolescent utilisés pour son troisième *snuff movie* européen. Puis, au petit matin, dans le salon cossu de leur villa du golf, avec Alicia Stanford, ils burent de la téquila et sniffèrent de la cocaïne en tentant d'évaluer la dangerosité de leur situation.

Comprenant que son amant s'inquiétait de devoir encore fuir, Alicia Stanford se dévêtit rapidement et présenta sa croupe appétissante. Elle posa ses mains sur la table basse du salon et cambra ses reins.

– Alors, qu'est-ce que tu attends ?

13

La femme que ses voisins connaissaient sous le nom de Stanford s'appelait en réalité Rita María Guillermoprieto et aurait fait les bonnes feuilles de n'importe quel dossier de police, sans parler de ceux des psychiatres. Fille d'un paysan pauvre du Sonora, elle avait rejoint Ciudad Juarez alors qu'elle n'avait pas quatorze ans. Elle voulait être actrice mais devint prostituée. Alors qu'il avait à peine vingt ans et ne portait pas encore le surnom d'El Camino, Carlos Cárdenas lui proposa de participer à un petit film qu'il comptait tourner avec une caméra VHS. Il offrit aussi cent dollars. La très jeune fille accepta et s'avéra une telle maîtresse, inventive et perverse, soumise mais aussi décideuse, que le jeune narcotrafiquant s'attacha à elle. Cárdenas en fut quelque peu déstabilisé, lui qui se croyait à l'abri des sentiments et bien décidé à ne jamais être accompagné plus longtemps qu'une nuit. Bientôt, un lien presque nécessaire les unit. L'homme continuait à collectionner les maîtresses d'un soir et, plusieurs fois par mois, violait de très jeunes garçons ou filles. Toujours sous l'œil attendri d'Alicia Stanford. Puis, elle participa aux jeux sexuels de son amant, développant alors des formes de sadisme raffiné qui enivraient Cárdenas jusqu'à le mener aux portes de la folie. Vers vingt ans, elle décida de se faire appeler Alicia Stanford. Dès lors, elle accompagna Carlos Cárdenas dans la sanglante ascension qui le mena à l'aube de ses trente ans à régner sur le narcotrafic de l'État du Chihuahua. Ensemble, ils devinrent immensément riches et redoutés.

C'est Stanford qui tua la première jeune adolescente à coups de feuille de boucher lors d'une partie fine dans une hacienda perdue dans le désert à l'extérieur de Cuauhtémoc et louée pour l'occasion. Désormais, Carlos Cárdenas se fit surnommer El Camino (d'après certains, en référence aux « chemins de la perdition ») et des rumeurs monstrueuses coururent sur son compte et sur celui de sa terrible maîtresse. Mais ils étaient les seigneurs de l'État et personne n'aurait osé leur demander des comptes.

Stanford passait la moitié de l'année en Californie à parfaire son anglais auprès de professeurs richement rémunérés. Selon elle, maîtriser parfaitement l'anglais la sortirait à jamais de sa condition d'ex-pute du Chihuahua. El Camino lui acheta même une luxueuse villa en bord de mer à Malibu.

Et puis, des jeunes narcos qui ne connaissaient pas la peur s'attaquèrent à El Camino. Lorsque les lieutenants de son amant disparurent et que la violence se rapprocha d'elle, Alicia Stanford songea un moment à abandonner le Chihuahua et à refaire sa vie dans un autre État, auprès d'un autre *capo* de la drogue. Mais elle n'avait plus vingt ans et même si sa plastique faisait toujours fantasmer les hommes, elle ne pouvait lutter contre les gamines de quinze ans prêtes à tout pour sortir de la misère. La roue du destin avait tourné. Cependant - et paradoxalement -, auprès d'El Camino, elle se sentait en sécurité. Leur alliance avait quelque chose d'indestructible. Alors, elle le suivit dans sa fuite aux États-Unis et eut l'idée de filmer leurs diaboliques ébats et d'en faire commerce.

Plus tard, elle fuit également en Europe au bras de son amant. Désormais tout retour en arrière lui était impossible : jamais elle ne retournerait au Mexique ou même en Californie.

– *Mierda* ! grogna El Camino comme il retirait son pantalon et laissait apparaître une érection un peu trop molle.

Il se baissa et glissa la main sous le canapé de cuir. À tâtons, il attrapa un anneau en or auquel pendait une petite chaîne d'argent qui avait retenu une figurine encore peu de temps auparavant.

– J'ai perdu mon Malverde porte-bonheur...

– Je t'en offrirai un autre, *amore*, susurra la femme nue appuyée à la table basse. Mais prends-moi comme une chienne, maintenant...

El Camino restait assis, son érection à présent complètement éteinte. Il ne pouvait détacher son regard du bout de la chaînette en argent. L'amulette manquante représentait le bandit Malverde. Selon la légende, Jésus Malverde, sorte de Robin des bois dans l'État du Sinaloa, volait les riches pour donner aux pauvres. Les narcos lui vouaient un culte désapprouvé par l'Église.

– *Toi qui es près de Dieu, prête l'oreille aux souffrances de cet humble pécheur*, récita à mi-voix El Camino.

Avoir perdu son Maverde n'était pas bon signe. Jamais il ne s'était séparé de son amulette depuis vingt ans et avait toujours échappé aux dangers mortels.

– Alors, tu me baises ? reprit Alicia Stanford, les yeux fermés et secouant son fessier.

El Camino se leva, remonta son pantalon et quitta le salon.

Alicia Stanford se retrouva nue, frustrée et, pour la première fois, elle songea que son amant n'était plus infaillible.

14

La nuit était tombée depuis quelques heures. À l'angle de la rue des Grands-Augustins et de la rue du Pont de Lodi, la vitrine de *Chez Alphonse* laissait voir aux quelques passants égarés à cette heure avancée de la soirée la douce quiétude qui régnait à l'intérieur.

À la table du fond, la table Cabaret, près des cuisines, trois Américains découvraient le meilleur de la cuisine à la française. Mais Lotte n'avait pas eu à forcer son talent pour épater ses convives d'outre-Atlantique. Elle avait fait comme à son habitude : sain, frais et sans ostentation.

– Tes Amerloques, *Scud*, ce sont des clients comme les autres, déclara-t-elle lorsque Shrapnel, maladroitement, lui glissa qu'il fallait leur en mettre plein les papilles. Ils mangeront comme tout un chacun.

La cuisinière lança un clin d'œil au flic :

– Mais t'inquiète pas : ils vont s'en souvenir de leur premier gueuleton à Paname !

Et pour le coup, le repas fut inoubliable. Même pour les trois fonctionnaires de la BRP, pourtant des habitués convaincus de *Chez Alphonse*.

Firmin venait de retirer les assiettes des entrées (bigorneaux tièdes accompagnés de leur sauce vinaigrette agrémentée d'un peu d'échalote hachée) :

– *Ou hondère foule, ise note ite ?* lança-t-il en se tapant sur le ventre.

Et immédiatement, il déposa les assiettes du plat de résistance (bœuf bourguignon sur lit de crème à la carotte). Puis revint l'instant suivant avec un pichet de vin.

– C'est un petit bourgogne de derrière les fagots, annonça-t-il. Un Hautes-Côtes de Beaune, 2008.

Il servit un fond de verre, le renifla, observa quelques secondes le liquide et posa le verre devant l'agent spécial Sam Torpe :

– Goûte-moi ça, camarade !

Celui-ci goûta.

– *Fuck*… murmura-t-il avec un sourire idiot.

– Oui, *Môssieur*, vous avez le droit de vous laisser aller devant un tel nectar, acquiesça le patron, fier de son coup. Une robe claire, un fruité intense agrémenté de notes de cerises noires, très, très mûres. Non, franchement : la bouche est pure et pleine de fraîcheur !

Shrapnel et Feuerbach souriaient devant les visages étonnés et ravis des Américains. Le Deuff, lui, peinait à se mettre au diapason, toujours en proie à la tristesse qui l'avait saisie dès le début de cette enquête sordide. Il avait mangé l'entrée du bout des lèvres et envisageait la suite du repas avec peu d'entrain. Il ne voulait pas se dire écœuré parce qu'on était chez Firmin et Lotte mais tout de même, il avait du mal à comprendre comment ses collègues pouvaient s'amuser et manger avec tant d'appétit.

Une fois le bœuf bourguignon saucé jusqu'à la dernière goute, Firmin déposa une planche de fromages qui repoussa les trois agents du FBI loin de la table en une grimace écœurée. Là, c'était beaucoup demander.

– Oh mon dieu, fit même l'agent spécial Kennedy en se couvrant le nez de sa serviette vichy.

Et pour cause, il ne fallait pas avoir été élevé au hamburger et au cola pour apprécier un tel plateau : un bleu d'Auvergne marbré à point, un camembert fait à souhait, un maroilles à la croûte orange vif, un livarot encore cerclé de paille, et même, fin du fin, quelques picodons de chèvre aux artisons.

– Pour faire glisser ces merveilles, voici un brouilly issu de l'exploitation d'un de mes amis. Tonique, parfumé, à boire sur le fruit !

Shrapnel et Feuerbach se servirent sans sourciller : ils se constituèrent un assortiment de fromages qui stupéfia les trois Américains.

– Vous devriez essayer ! marmonna Shrapnel entre deux bouchées : c'est une expérience philosophique exceptionnelle, croyez-moi !

Valbuena s'avança lentement vers le plateau de fromage. Ses yeux s'exorbitèrent :

– Ça bouge ! hurla-t-il en louchant sur les picodons recouverts d'artisons.

– Bien sûr que ça bouge, intervint Firmin d'une voix sévère. C'est même ça qui donne tout son goût au chèvre !

Même Torpe et Kennedy pouffèrent de rire.

– C'est sans doute une expérience philosophie exceptionnelle, concéda la jeune Américaine, mais là, je vais décliner. Je passerai directement au dessert.

– Pareil pour moi, sans vouloir vous vexer, suivit Torpe.

– C'est comme le client désire ! répondit Firmin sans se départir de sa bonhomie.

Quelques minutes plus tard, le patron se pencha par le passe-plat des cuisines et rapporta un plateau sur lequel étaient disposées six petites assiettes.

– Tarte Tatin au miel de Sologne chapeautée de glace rhum et raisin, déclara-t-il presque sentencieusement. Régalez-vous !

Les Américains cette fois acceptèrent et le silence étreignit la table. Même Le Deuff termina son assiette et passa un index gourmand dans le fond pour terminer le miel.

Enfin, Firmin servit une tournée d'expressos agrémentés d'un petit verre d'alcool de poire. Il déposa la bouteille sur la table. Ce fut un repas de légende, une vraie déclaration d'amour à la gastronomie française.

Shrapnel adressa un clin d'œil de remerciement appuyé à Lotte qui lui rendit un sourire. Il envoya une claque sur le ventre rebondi de Firmin :

– Bravo, patron, bravo mille fois !

Le gros homme gloussa derrière ses bajoues.

Le Deuff repoussa son assiette et jeta sa serviette sur la table. Il observa quelques secondes ses ongles puis leva un regard sombre sur ses collègues :

– C'est bien beau tout ça mais des individus… des monstres, devrais-je dire, sont à l'œuvre en ce moment même. Et nous on se bâfre comme si de rien n'était…

Lor Feuerbach posa sa main sur l'avant-bras de son collègue dans un geste d'apaisement.

– Non, mais c'est vrai ! s'emporta le capitaine de la BRP. Ces messieurs dames du FBI se déplacent jusqu'en

France et nous, au lieu de se mettre au travail, on leur fait découvrir les charmes de la cuisine française...

Il se pencha vers la cuisine :

– Je ne dis pas ça pour vous, Lotte.

La cuisinière haussa les épaules et disparut derrière ses fourneaux.

Les Américains restèrent impassibles, c'étaient les affaires des Français d'une certaine façon.

– On ne peut rien faire pour l'instant, Mathieu, tenta Feuerbach.

Shrapnel la retint d'un geste :

– Le Deuff a raison.

Il se resservit un verre d'alcool de poire et le but cul sec.

– Je crois que je vais aller au domicile de Brosque. Histoire de voir si nous n'avons rien négligé...

– Mais ça va pas, Julien ? objecta Feuerbach. On n'a pas de commission rogatoire. Et puis, t'as vu l'heure ?

Le commandant de la BRP se leva. L'agent Kennedy eut un petit sourire complice :

– Je vous accompagne, commandant ?

– Parfait !

Feuerbach se leva à son tour :

– Il est presque minuit, qu'est-ce que tu crois trouver là-bas ?

Shrapnel se tourna vers l'agent spécial Torpe :

– Carlos Cárdenas, El Camino était l'un des chefs narcos de Ciudad Juarez, n'est-ce pas ?

L'Américain hocha de la tête. Son collègue Valbuena fronça les sourcils.

– Le *snuff movie* qu'on a visionné et qui a déclenché l'ouverture de notre enquête en France, a été saisi chez un politicard, ancien ministre, député et *tutti quanti*, qui se nomme Jean-Thierry de Brosque. Ça m'avait complètement échappé lorsqu'on était aux *States* mais ce type est également le président d'une association franco-mexicaine, Les Amis du Mexique.

Les flics autour de la table restèrent bouche bée.

– Je suis certain qu'il était en contact avec El Camino. D'une manière ou d'une autre…

Il repoussa sa chaise et saisit son blouson de cuir qui pendait sur une patère non loin du zinc. Il fit un petit signe du bout des doigts à Lotte, derrière le passe-plat et envoya un clin d'œil à Firmin.

– J'emmène l'agent Kennedy avec moi, reprit-il à l'intention de ses collègues. Vous, vous n'avez qu'à aller vous coucher. On se voit demain rue de Lutèce.

Et il sortit avec l'agent Kennedy à ses côtés.

Le Deuff et Feuerbach les regardèrent s'éloigner derrière la vitrine. Torpe les dévisagea :

– Ce n'est pas très légal, ce que va faire votre supérieur, n'est-ce pas ?

– Le commandant Shrapnel pense que la fin justifie les moyens, dit Feuerbach.

– Pardon ? fit Torpe.

– Il croit que la légalité n'est pas forcément la meilleure des solutions… Ce qui lui a déjà causé bien des ennuis.

Le Deuff soupira bruyamment :

– Et en plus, il peut être têtu comme un âne…

15

Le golf de Bussy Saint-Georges était évidemment désert. Personne ne songeait à parfaire son swing à deux heures du matin.

L'homme traversa une partie du fairway et pénétra dans le jardin de l'une des maisons. Il observa les fenêtres des résidences avoisinantes, toutes masquées par un volet électrique. Le quartier semblait complètement endormi. Il fit le tour de la villa et se retrouva devant la porte principale. Là, il écrivit un texto sur son smartphone et compta jusqu'à dix. Puis il tapota trois fois sur la porte, attendit encore dix secondes et tapota à nouveau trois fois.

La porte s'ouvrit.

Alicia Stanford apparut dans l'entrebâillement :

– Salut, *Guapo*, tu en as mis du temps à nous contacter…

– El Camino m'a dit de prendre toutes mes précautions, répondit l'homme en pénétrant dans le hall d'entrée. Alors, j'ai pris toutes mes précautions.

La maîtresse d'El Camino était habillée d'une combinaison noire, de coûteuses baskets aux pieds. Elle ouvrit le tiroir d'une commode située dans le petit couloir entre le hall d'entrée et la salle de séjour : elle sortit un pistolet Beretta 92.

L'homme se raidit en voyant l'arme.

Stanford sentit sa crainte et en éprouva un sentiment de supériorité très agréable. Elle chambra une munition et glissa le pistolet dans un sac à dos Vuitton Montsouris.

– El Camino n'est pas là ?

– Non. Nous allons le rejoindre à la ferme.

Elle éteignit la lumière du couloir, plongeant ainsi la maison dans une obscurité seulement limitée par les lampadaires de la rue. Mais elle savait que le visage de l'homme était décomposé : la perspective de mettre les pieds dans cette *ferme* où El Camino officiait devait le terroriser. De ça aussi Alicia Stanford éprouva un sentiment de toute puissance.

– Il veut absolument connaître les agissements de tes amis. Mais il a du *travail*, aussi.

Dans le silence de la nuit froide, ils montèrent dans la Mercedes ML qui stationnait le long du trottoir. Ils ne croisèrent aucun véhicule sur la petite nationale qui sortait de Bussy-Saint-Georges. Sous un arrêt de bus, des gamins fumaient des joints en rigolant.

Vingt minutes plus tard, le 4 × 4 sortit de la nationale et s'engagea sur un chemin de terre. Le moteur hurla un peu lorsque les roues attaquèrent une ornière de boue puis Stanford se gara devant une maison derrière laquelle deux appentis avaient dû, des décennies auparavant, servir de remise à une petite exploitation agricole.

L'habitation principale avait été vaguement restaurée mais la ferme semblait désormais à l'abandon. Plantée au milieu de champs hérissés d'immenses pylônes tétrapodes sur lesquelles filaient des lignes à haute tension, elle ressemblait à un navire abandonné, laissé à l'ancre. Seul le bruit ininterrompu des véhicules qui dévalaient l'A4 et des TGV qui traversaient par instants la voie ferrée rappelaient que la civilisation était finalement proche. Vers l'est, l'horizon était éclairé par les lumières du parc d'attractions Eurodisney.

– Allez viens, Carlos nous attend !

Alicia Stanford poussa une porte et, l'homme à sa suite, pénétra dans un petit sas. Elle frappa sur une deuxième porte et au bout de quelques secondes, la serrure produisit un grand clac.

El Camino apparut, seulement vêtu d'un peignoir en éponge qui laissait admirer son anatomie. Sa main droite serrait un revolver de très gros calibre, un Taurus 627SS6 calibre 357 magnum.

– Salut, *bella* !

Il plissa les yeux et sembla découvrir l'homme qui accompagnait sa maîtresse :

– Tu te décides enfin à donner signe de vie, toi ? C'est pas trop tôt ! On a cru que tu te planquais comme une vieille femme apeurée.

– Tu m'as dit de prendre mes précautions, alors j'ai…

– Ça va, ça va. Rentrez vite !

El Camino était aux anges. Quand il s'occupait de ses victimes, ses soucis, ses angoisses disparaissaient. Le monde extérieur n'était plus une menace.

– Alicia, mets toi à l'aise et rejoins-moi !

Il se retourna vers l'homme, visiblement terrorisé.

– Et toi, tu me feras ton rapport pendant qu'on... s'amusera.

Il n'y eut aucune réponse.

Car la terreur avait terrassé le visiteur du soir comme si une main d'acier lui avait saisi les tripes. Bien sûr, il savait pour qui il travaillait. Évidemment, El Camino était un sacré taré et sa pétasse Alicia, la reine des salopes. Mais jamais il n'avait été obligé d'assister aux séances barbares auxquelles les deux amants se livraient, le sourire aux lèvres, le cœur vibrant d'excitation. Lui, il faisait son job et prenait le fric. Mais son job n'avait jamais inclus une telle proximité avec cette putain de sauvagerie !

Et la sauvagerie venait de lui sauter au visage.

Au centre de l'unique pièce, allongées sur un lit, deux jeunes filles qui paraissaient avoir moins de quinze ans, étaient ficelées avec de la corde grossière. Les liens mordaient les chairs, par endroit jusqu'au sang. Il était évident qu'El Camino venait de les violer à maintes reprises, par tous les orifices.

Une caméra HD sur un trépied filmait.

Au fond de la pièce, contre le mur de béton brut, des corps étaient blottis à l'intérieur d'une cage aux barreaux de fers. C'étaient trois adolescents. Les deux garçons cachaient leur visage avec leurs mains et sanglotaient. La fille, rousse, fixait la scène qui se déroulait à quelques mètres devant elle. Son regard paraissait impassible, seulement un peu intrigué.

– Qu'est-ce qu'il se passe ? cria-t-elle soudainement.

Les deux garçons tentèrent de se blottir plus encore dans le coin de la cage.

– Qu'est-ce qu'il se passe, s'il vous plaît ? répéta-t-elle en tirant sur les barreaux de ses mains fragiles.

L'homme l'observa un instant encore : il se demanda si la peur pouvait rendre fou au point qu'on puisse regarder l'horreur sans ne plus la ressentir.

El Camino, lui, fit glisser son peignoir et saisit l'une des jeunes filles attachées par la taille. Il la pénétra violemment et hurla de rire lorsque sa proie cria de douleur. Alicia Stanford avait retiré sa combinaison noire et ses baskets : elle était nue et tenait à la main un instrument dont la large lame scintillait sous la lumière crue des néons fixés au plafond. Elle commença à se caresser frénétiquement.

– Qu'est-ce que vous faites, monsieur ? supplia la jeune fille dans sa cage. Mais qu'est-ce que vous faites ?

L'homme recula de quelques pas et s'appuya maladroitement contre le mur. Il lutta contre une douleur sourde qui irradiait de son estomac. Un rat se faufila entre ses pieds.

– Alors qu'est-ce qu'ils branlent tes *amigos* ? fit El Camino en repoussant sa victime et en forçant l'autre suppliciée à le sucer.

Puis Alicia Stanford se mit à jouir. Ça dura quelques secondes et sans prévenir, elle abattit sa feuille de boucher sur le flanc de la première fille. Celle-ci poussa un râle guttural, inhumain. Les adolescents dans la cage hurlèrent.

– Mais qu'est-ce que vous faites ? Monsieur, dites-moi ce que vous faites !

El Camino jouit à son tour, souillant le visage de la jeune fille qui tremblait de tous ses membres. Il grogna, soulagé comme un verrat. Alors, Alicia Stanford se déchaîna : elle déchira les corps des deux jeunes filles dans une rage hystérique. Son corps à elle se couvrit du sang qui giclait sous ses coups furieux.

L'homme glissa au sol et expulsa un flot de bile sur sa veste de costume noir. Il fut pris de convulsion mais réussit à se relever. Titubant, il se dirigea tant bien que mal vers la porte, à tâtons. En jetant un coup d'œil rapide vers la cage, il réalisa que la jeune fille accrochée aux barreaux était aveugle.

– Une putain d'aveugle, grommela-t-il.

Comme un fantôme, il disparut dans le froid glacé de la nuit.

El Camino et sa maîtresse hurlèrent de rire en voyant leur complice s'enfuir comme une lopette.

– Mais dites-moi ce qu'il se passe, s'il vous plaît ! lança la jeune aveugle d'une voix brisée par une peur animale.

16

Depuis dix jours, les quartiers nord de Marseille étaient en proie à des émeutes entre jeunes minots et forces de l'ordre. Les caïds avaient donné leur accord pour harceler durant la nuit les flics et les gendarmes mobiles. Les affrontements tenaient plutôt des harcèlements sporadiques et de courses poursuites – les jeunes menant les harcèlements, les flics se lançant ensuite à leur poursuite.

À l'origine des heurts, un fait divers classique. Un jeune d'une vingtaine d'années avait résisté à un contrôle d'identité de la BAC et les fonctionnaires l'avaient tabassé à coups de tonfa. Comme par hasard, on avait retrouvé un cran d'arrêt dans la poche du délinquant. Le gamin était dans le coma depuis lors et ses amis avaient laissé éclater leur haine. Pour les jeunes, les fonctionnaires de la BAC avaient eux-mêmes placé le couteau dans la poche de leur victime.

Mais les caïds du quartier avaient consenti à laisser troubler la paix relative de leur territoire uniquement pour jouir d'une véritable période de calme. Sans que les flics pénètrent dans les halls d'immeuble ou les parkings.

Car généralement, après des jours de violence, les autorités publiques retenaient leurs flics et leur ordonnaient de ne plus provoquer les jeunes habitants.

Et si les caïds voulaient une réelle période de paix, c'est qu'ils attendaient l'arrivée de gens importants.

Un an auparavant, des narcos mexicains de l'État de Sonora, alliés à ceux du Chihuahua, désiraient tester les capacités marketing des quartiers nord de la cité phocéenne. Ils avaient laissé entendre qu'ils pourraient implanter là une nouvelle plateforme de distribution qui approvisionnerait l'Europe de l'Ouest. Les discussions avaient été longues et parfois rompues pour des raisons que les Marseillais ne comprenaient pas vraiment. Ainsi, on avait entendu dire que l'un des chefs les plus puissants de Ciudad Juarez avait lui-même été obligé de s'enfuir aux États-Unis sous la menace de jeunes trafiquants aux dents longues. Les narcos de Sonora avaient été, eux, obligés de s'assurer que ces jeunes sicaires aux ambitions démesurées ne risquaient pas de s'en prendre à leur propre business. Sans doute avaient-ils dû négocier âprement.

Quelques semaines plus tôt, les contacts avec les dealers marseillais avaient repris et une réunion de visu avait été programmée pour le mois suivant. D'où la nécessité de s'assurer un calme parfait. Le calme après la tempête était toujours le calme le plus parfait.

La tranquillité régnait désormais, depuis le matin même. Au pied des barres HLM, des rumeurs couraient parmi les chefs du trafic de cocaïne et de cannabis : les Mexicains devaient arriver le lendemain.

Ils étaient arrivés le surlendemain.

Trois très jeunes garçons habillés de costumes chics et de manteaux en cachemire. Ceux qui s'attendaient à voir débarquer des chanteurs de Cucaracha affublés de santiags et de sombreros à pompons pouvaient revoir leurs stéréotypes : les trois narcos étaient vêtus comme les minots qui servaient de petits revendeurs rêvaient de l'être. La classe américaine, quoi…

Un contrat verbal – mais sans retour en arrière possible – fut scellé entre les caïds marseillais et les narcos du Sonora. On trouva une belle villa sur les hauteurs de Marseille aux trois plénipotentiaires mexicains. Bientôt une demi-douzaine d'hommes traversa l'Atlantique : un comptable, deux chimistes et quatre *sicarios* rompus à l'import-export de la meilleure cocaïne jamais vendue sur le sol du vieux continent.

Les narcos occupèrent également un appartement au dernier étage de l'une des tours d'un quartier au nord de Marseille. Cela afin de disposer d'un pied à terre au sein même du territoire de leurs nouveaux alliés et de pouvoir les tenir à l'œil.

Et la filière Hermosillo-Marseille fut lancée.

Fini le pastis sur la Canebière, viva la Téquila.

17

Déjà dans la voiture, la voix de Stacy Kennedy s'était faite plus douce.

Au volant de la vieille Citroën CX break qu'il affectionnait particulièrement, Shrapnel feignait de ne pas remarquer le changement de ton et d'attitude de l'agent du FBI à son égard. Il n'était pas sûr de grand-chose à propos des femmes mais il croyait savoir déceler l'imperceptible tension qui s'électrisait lorsque l'une d'elles se sentait attirée par lui. Et pour tout dire, la jeune femme était particulièrement à son goût: ses épais cheveux noirs, ses yeux verts perçants et cette silhouette lui inspiraient quelques images torrides.

– Les officiers de police français roulent toujours dans des corbillards ? interrogea-t-elle comme ils pénétraient dans la vallée de Chevreuse.

– Ah ! Cette voiture, c'est une longue histoire… Le commissaire principal Volochenko, mon chef, voudrait bien la refourguer aux domaines pour qu'ils la revendent à une casse automobile mais j'ai toujours réussi à planquer les clés. Les bagnoles modernes, clinquantes, c'est un coup à se faire repérer trop facilement.

Il sembla réfléchir et eut un petit sourire :

– Il y a des années, des collègues de la brigade mondaine, à la retraite aujourd'hui, se sont fait refourguer une Subaru Impreza. Vous voyez le truc ? Je me souviens que Corentin était fou de rage à l'idée de rouler dans une bagnole aussi tarte !

Il ralentit à quelques mètres du portail d'une opulente villa, apparemment un ancien domaine de chasse. La demeure de Jean-Thierry de Brosque, élu du peuple français et, depuis quelques semaines, en détention provisoire sous le coup d'un mandat d'arrêt pour possession de films à caractère pédopornographique. À cette heure, ses ennuis avec la cellule Tracfin pour malversation financière et autres détournements de fonds représentaient sans doute le cadet de ses soucis.

Shrapnel fit signe à Kennedy de le suivre et ils contournèrent la maison.

Sur le mur, non loin de la terrasse qui donnait sur le vaste jardin bordé d'une forêt épaisse, une petite fenêtre à deux mètres du sol retint l'attention du Français. Il sortit d'une des poches intérieures de son blouson un couteau à cran d'arrêt et fit apparaître la lame dans un clac sonore.

– Ici, ça devrait faire l'affaire, murmura-t-il en lançant un clin d'œil à sa compagne.

Celle-ci semblait osciller entre la fascination pour ce flic décidément hors normes et la crainte d'éventuels ennuis causés par leur intrusion. Elle avait vu que le commissaire Volochenko ne portait pas son subordonné dans son cœur.

À la force des bras, Shrapnel se hissa sur l'étroit rebord. Il engagea la lame dans l'huisserie et d'un coup sec, fit sauter le petit verrou qui maintenait la fenêtre fermée. Il écouta quelques instants le silence :

– C'est toujours pareil, lorsqu'ils embarquent un type, les flics ne remettent jamais l'alarme en marche. Si les monte-en-l'air étaient moins truffes, ils cambrioleraient les baraques des mecs qui viennent de se faire serrer. C'est sans risque !

Il plongea la tête dans la fenêtre et bascula brusquement à l'intérieur de la maison.

– Attendez-moi ! lança-t-il à Kennedy avant de disparaître entièrement.

La nuit était froide mais rien à côté des morsures infligées par le vortex polaire qui s'était abattu sur les États-Unis. Au milieu de la forêt de Chevreuse, l'agent spécial se sentait bien. Sans les circonstances horribles qui l'avaient menée en France, avec ses collègues du FBI, elle se serait crue en vacances. Elle aurait même apprécié la petite angoisse qui lui titillait en cet instant le ventre.

– Vous venez ou quoi ?

Kennedy sursauta et, dans un mouvement conditionné d'une rapidité époustouflante, attestant d'un entraînement très poussé, dégaina son Glock 22.

La seconde d'après, elle braquait l'arme sur le visage de Shrapnel qui avait ouvert la porte de la terrasse.

– Houla ! Agent Kennedy, vous êtes nerveuse, on dirait…

– Et vous, vous êtes complètement inconscient ou quoi ? J'aurais pu vous descendre.

– Je vois ça, oui. Mais…

Il fronça les sourcils en observant le pistolet automatique.

– Depuis quand vous conservez votre arme sur le sol français ?

– L'ambassade des États-Unis a demandé la permission spéciale au ministère des Affaires étrangères français, je crois, sourit la jeune femme en calant le calibre 40 dans son holster de ceinture.

– Et nous, on n'avait pas le droit de porter d'arme, aux *States* !

– Il faut croire que nos chefs estiment que nous devons pouvoir nous défendre, même en France. Il faut croire que les vôtres estiment que nous pouvons vous défendre sur le sol américain.

Shrapnel n'appréciait guère les « deux poids deux mesures ». Il se jura de demander des comptes à Volochenko et à Alice Dechartres. Surtout à ce jeune arriviste de Volochenko !

– On y va ? hasarda Kennedy sans se départir de son sourire.

Shrapnel portait des gants de latex, il en tendit une paire à l'Américaine :

– Faut pas laisser trop de traces.

Il la précéda dans un mouvement ostensible de mauvaise humeur, et pénétra dans la salle de séjour.

Meubles en bois précieux, vastes canapés en cuir fauve, estampes japonaises au mur et tapis persans sur le sol, l'ameublement était de bon goût et sans doute très onéreux. De l'avis de Shrapnel, l'intérieur du ministre député Jean-Thierry de Brosque prouvait que l'argent détourné l'avait bien été.

Dans le salon, un système vidéo de haute précision attestait de la passion du propriétaire des lieux pour le cinéma. Un certain genre de cinéma…

– C'est ici que ce gros porc regardait les *snuff movies*, grommela Shrapnel en s'avançant vers les étagères sur lesquels étaient rangés des DVD plus conventionnels.

Du bout du pied, il souleva le tapis devant l'écran de télévision.

– C'est là que le commandant Storme, mon collègue de l'OCLIFF a découvert le seul DVD que le député n'avait pas réussi à faire cramer.

Il secoua la tête et sortit du salon. Il se dirigea vers une vaste pièce aux portes de verre donnant sur le couloir : le bureau de Brosque.

– Qu'est-ce qu'on cherche exactement ? fit Kennedy en l'observant fouiller dans les documents papiers empilés sur le maroquin.

– Pour commencer, tout ce qui pourrait avoir rapport avec le Mexique.

– Un peu comme ça ? demanda la jeune femme avec un ton ironique.

Shrapnel leva la tête, Kennedy pointait son doigt vers la pièce située face au bureau. Elle venait de pousser la porte et un vrai musée du Mexique s'offrait à la vue des deux flics.

– Merde ! lâcha Shrapnel. J'avais oublié que ce gonze était le président de l'association des Amis du Mexique…

La pièce sans fenêtre contenait trois bibliothèques remplies de livres et de magazines traitant du Mexique. Quatre étagères de verres étaient recouvertes d'objets divers, bibelots, poupées, armes même, provenant de quelque État de ce pays d'Amérique du Nord que de Brosque avait apparemment adoré. Dans un coin de la pièce, un jaguar empaillé fixait les deux flics d'un regard vide.

Au mur, des masques de civilisations précolombiennes voisinaient avec un sombrero estampillé d'une marque de bière à la téquila, un sabre d'opérette dont le pommeau figurait l'aigle saisissant un serpent à sonnette dans son bec, deux fusils anciens et une carte du Mexique datant du XVIIIe siècle. Un mélange des genres impressionnant, songea Shrapnel en s'avançant au milieu de ce bazar. Mais il sentait que ce qu'ils cherchaient se trouvait quelque part devant lui.

– Cherchez un numéro de téléphone ou un code, une adresse Internet peut-être !

– Comment vous dites, vous les Français : « c'est comme chercher une anguille dans une meute de foin », non ?

Shrapnel la toisa d'un air appréciateur. Très sexy, l'agent spécial !

– Oui, on dit quelque chose comme ça...

Ils soulevèrent les bibelots, secouèrent les livres et les revues, jetèrent un œil derrière les tableaux. Leurs fouilles durèrent deux heures mais rien n'y fit : aucun indice d'un quelconque lien entre de Brosque et El Camino.

Les deux flics commençaient à s'impatienter.

– On perd notre temps, commandant !

Kennedy avait dit ça avec un léger ton de mépris. Shrapnel envisagea du coin de l'œil le divan non loin de lui et s'approcha de la belle brune. Celle-ci fronça les sourcils, quelque peu surprise :

– Commandant... Que...

Et Shrapnel, armé de son regard de tombeur auquel ne résistait aucune femme, saisit la taille de sa coéquipière d'outre-Atlantique. Il l'attira vers lui et lorsqu'il approcha sa bouche de la sienne, Kennedy tourna la tête :

– Non mais vous vous prenez pour qui, commandant ? s'emporta-t-elle.

Shrapnel relâcha son emprise.

– Vous vous croyez si irrésistible ? Chez nous, un tel comportement, ça s'appelle du harcèlement sexuel. Ça pourrait vous coûter votre grade et même vous envoyer en prison !

Le Français haussa les épaules :

– Chez nous, on appelle ça *l'amour à la française*. Ça aurait pu vous envoyer au septième ciel et vous détendre un petit peu, agent spécial.

– Quelle arrogance…

Mais déjà Shrapnel s'était désintéressé de ce débat multicentenaire entre la galanterie française et le pragmatisme américain. Il s'approcha de la porte du musée et se pencha sur la clé plantée dans la serrure : une petite figurine pendait du porte-clés. Une petite statuette en plâtre mesurant à peine cinq centimètres représentant un homme à moustache, aux cheveux noirs, qui portait un foulard autour du cou. Sur son torse était écrit « *Ciudad Juarez para la santa muerte* ».

– C'est la même figurine que celle retrouvée par les gendarmes en Seine-et-Marne, sur les lieux où on a découvert les deux derniers cadavres. Le Deuff l'a ramenée comme pièce à conviction.

Kennedy se posta juste derrière Shrapnel. Elle s'appuya sur son épaule et approcha sa tête de la sienne. Il pouvait sentir son haleine agréable.

– C'est Malverde, un bandit légendaire auquel certains narcos vouent un culte, expliqua-t-elle en observant la figurine.

– Oui mais celle-là porte une inscription qui ne m'a pas l'air manufacturée : « *Ciudad Juarez para la santa muerte* ». Celle ramenée par Le Deuff en porte également une…

Kennedy recula, apparemment soucieuse.

– Oui, dit-elle, c'est possible. Il faudrait vérifier si l'écriture est de la même main. Si c'est le cas, on aurait la preuve que votre prisonnier a été en relation avec El Camino.

– Bon, sourit Shrapnel. Demain, je demande une commission rogatoire au juge et on revient perquisitionner *officiellement* ici. On trouve par hasard cette breloque, on l'envoie au labo. Si les types du labo nous disent que c'est la même écriture, on file interroger mon prisonnier – comme vous dites – à Fleury-Mérogis.

– Et si ce n'est pas la même écriture ?

– Rien à foutre ! Je sais faire parler les coupables, faites-moi confiance !

Kennedy secoua la tête, l'air consterné :

– Vous êtes d'une arrogance rare, commandant ! Avec les femmes, mais aussi avec la légalité.

Shrapnel tenta une seconde approche : il s'avança jusqu'à ce que son visage soit à quelques centimètres de celui de Kennedy.

– J'ai cru comprendre que mon arrogance vis-à-vis de la légalité ne vous avait pas déplu tout à l'heure quand nous sommes illégalement entrés dans cette belle villa…

L'agent spécial secoua à nouveau la tête. Elle semblait moins consternée. Une lueur d'amusement taquinait son regard.

– Quant à mon arrogance avec les femmes, je reste persuadé qu'elle ne vous aurait pas déplu. Mais tant pis pour vous !

Il tourna les talons :

– Allez, on met les voiles ! Demain, on a du pain sur la planche, *darling* !

18

Lor s'était retrouvée seule avec l'agent spécial Torpe.

Le Deuff n'était pas d'humeur à boire un dernier verre. Il souhaitait rentrer chez lui et se réveiller assez tôt le lendemain pour prendre le petit-déjeuner avec ses enfants et les emmener à l'école. Ses gamins, sa famille lui offraient un antidote aux horreurs de la vie, Feuerbach le savait.

Quant à l'agent Valbuena, il semblait lui aussi tourmenté. Ou plus exactement préoccupé, comme s'il devait remplir certaines obligations et que le temps lui manquait.

– Il n'est pas très calme, votre collègue Valbuena, remarqua Feurbach en le regardant s'éloigner sur les quais de Seine.

– Oui, depuis quelque temps, il semble avoir des soucis, reconnut Torpe en grattant pensivement sa mâchoire carrée. Disons que, comme votre collègue, le capitaine, il doit être tourmenté. Même les meilleurs flics peuvent être profondément déstabilisés par une affaire. On ne peut pas leur en vouloir.

La jeune femme blonde eut une grimace amusée. Elle tapota de l'index la poitrine puissante de l'Américain :

– Tiens, tiens, il y a donc un cœur là-dessous ?

L'autre laissa échapper un petit rire, peut-être un peu mal à l'aise.

L'hiver s'était installé sur Paris et à cette heure indue de la nuit, les quais étaient entièrement vides. La Seine charriait des flots sombres et Notre-Dame offrait une teinte grisâtre.

Les deux flics marchaient tranquillement, emmitouflés dans leur manteau. Légèrement grisés par l'alcool servi par Firmin, ils goûtaient un moment agréable.

– Vous étiez déjà venu en France, Torpe ?

– Une fois seulement.

– Je vous imaginerai presque en amoureux transi. C'était à l'occasion d'un voyage avec une demoiselle ?

Torpe émit un petit rire, grinçant.

– Pas vraiment, lieutenant, pas vraiment…

Il aspira une grande bouffée d'air froid. Un petit sourire triste déforma ses lèvres.

– Au début des années 2000, je faisais partie de la CIA. En général mes collègues du FBI ont comme ambition d'intégrer la CIA. Moi, j'ai fait le chemin inverse. Lorsque les États-Unis ont envoyé des troupes en Afghanistan, des prisons spéciales ont été ouvertes dans différents pays alliés. L'Europe en recensait quelques-unes. Elles étaient destinées à recevoir les prisonniers talibans et les mercenaires des pays du Golfe ou d'Afrique, des prisonniers dont on ne connaissait pas encore le statut légal.

– Je crois savoir qu'ils n'ont jamais eu de statut légal. À Guantanamo, des hommes sont détenus encore actuellement sans jugement. Plus de dix ans après l'intervention américaine.

Torpe fronça les sourcils.

– J'ai été envoyé en Europe pour superviser la mise en place d'une de ces unités de détention.

– En France ?

L'agent spécial hocha la tête.

– Oui, dans le sud de la France.

– Ce n'était donc pas une légende ? D'après votre gouvernement pourtant, Wikileaks a trafiqué ses preuves, Assange est un terroriste…

– Je sais, je sais, lieutenant. La raison d'État a des raisons que la raison ignore, peut-être.

Ils reprirent leur marche, silencieusement.

– En tout cas, je suis venu en France à cette période. J'y ai passé six mois. Mais ce n'était pas un séjour d'agrément. En rentrant aux États-Unis, j'ai quitté la CIA et rejoint le FBI.

Ils s'arrêtèrent devant l'hôtel *Le Notre-Dame* au bout du quai Saint-Michel.

– Vous m'offrez un dernier verre dans votre chambre ? fit Feuerbach avec un regard légèrement langoureux.

– Mais, je ne crois pas avoir quelque chose à boire, balbutia Torpe qui semblait, décidément, peu à l'aise avec les conventions érotiques.

Feuerbach le saisit par la cravate et l'attira vers lui. Elle lui glissa sa langue dans la bouche.

– Vous n'êtes pas très dégourdi, murmura-t-elle en reprenant son souffle. Mais j'ai suffisamment bu pour avoir envie de m'amuser un peu.

Trois minutes plus tard, dans sa chambre, Torpe démontra pourtant le contraire : il saisit Feuerbach par la taille et la projeta sur le lit. Parfois, deux corps semblent avoir été créés pour n'en faire plus qu'un lors de l'union charnelle. C'était le cas : le corps longiligne et légèrement musclé de Lor Feuerbach et celui robuste, comme taillé dans la pierre de Sam Torpe, se complétaient parfaitement.

La jeune femme enjamba son compagnon et après l'avoir complètement dévêtu, saisit d'une main ferme son sexe turgescent. Elle le caressa quelques instant et sans cesser de planter son regard dans celui de Torpe, glissa lentement sur son corps jusqu'à ce que sa bouche aspire le sexe américain.

– *My god*... souffla Torpe en basculant la tête en arrière.

Oui, c'était certain : son dieu ne devait pas lui faire entrevoir plus beau paradis que celui dans lequel il venait de plonger. Il tenta alors de faire remonter la jeune femme sur lui dans l'idée de la pénétrer. Mais c'était méconnaître Feuerbach : jamais elle n'avait considéré que l'homme dut mener la danse, ni dans un lit, ni ailleurs. Et cette nuit-là, elle avait décidé de se faire l'Américain.

Elle repoussa donc un peu brutalement l'homme et continua à sucer le sexe. Aux sursauts nerveux et aux borborygmes qu'il parvenait difficilement à museler, elle sut que celui-ci avait de plus en plus de mal à se contrôler. Alors, brusquement, elle s'accroupit sur lui. Son sexe parfaitement rasé, sa peau diaphane et ses cheveux blonds magnifiques, offraient bien plus que ce que Torpe aurait pu désirer. Feuerbach en était consciente lorsqu'elle guida le sexe en érection en elle.

Les savants va-et-vient s'accélérèrent pour devenir quasi frénétiques.

– *Please, please*… haletait l'agent spécial, le corps couvert de sueur.

Mais Feuerbach ne se laissait pas dicter la cadence, elle l'imposait. Son corps fut traversé d'une décharge électrique et elle dut se concentrer pour ne pas perdre la direction des opérations. Non, cette première fois devait être la sienne : Torpe était le genre de type à se croire tout permis s'il emportait la partie lors du premier rendez-vous. Parfois, elle songeait que son féminisme était quelque peu belliciste mais elle savait que les femmes n'avaient pas déclaré la guerre des sexes. C'était les hommes, leurs religions et leurs lois…

Dans ces conditions, il ne fallut pas plus de cinq minutes pour que Torpe jouisse dans un petit cri, presque étranglé. Feuerbach considéra ces minutes de résistance comme un exploit : ce n'était pas si mal, d'aucuns n'auraient pas tenu plus d'une minute.

Elle mordit doucement le lobe de l'oreille de l'homme et lâcha un petit rire.

– Voilà une coopération entre les services qui commence sous le meilleur augure.

Dans son sac à main jeté négligemment sur le sol, le portable du lieutenant de la BRP sonna. Feuerbach tendit la main et à tâtons, trouva le smartphone. Sur l'écran était inscrit « *Schrapnel* ».

– Jamais au bon moment, Scud, nota le flic en repoussant le téléphone au fond de son sac.

– C'est votre chef, Scud ? fit Torpe comme la jeune femme se lovait contre lui.

– Oui, le commandant Shrapnel.

– Vous ne répondez pas ? C'est peut-être important…

Feuerbach embrassa la poitrine musclée de son amant, son ventre puis descendit jusqu'à son sexe un peu éteint.

– Ma maman m'a toujours appris qu'il ne fallait pas parler la bouche pleine, déclara-t-elle.

Et de sa langue experte, elle rendit sa vigueur à l'agent Torpe.

19

Les commissaires Volochenko et Dechartres étaient assis sur les deux fauteuils face au bureau de Shrapnel. Derrière lui, une étagère supportait une trentaine d'épisodes des aventures de *SAS* Malko Linge. Les indispensables, selon le chef du groupe Cabaret, ceux que tout bon flic devait avoir lu.

Il raccrocha le téléphone :

– OK ! Le juge nous transmet la commission rogatoire dans l'heure. On va pouvoir passer au peigne fin la taule de Brosque. Je suis certain qu'on trouvera de quoi relier ce gros dégueulasse à El Camino.

– C'est ça votre idée, commandant ? fit Volochenko d'un ton cinglant. Tout à coup, vous voulez « passer au peigne fin » la demeure du député de Brosque. Comme ça ? Vous avez été victime d'une révélation, peut-être ?

Julien ne releva pas l'agression. Ses relations avec son supérieur oscillaient en permanence de la froide politesse à la provocation. C'était comme ça, et Schrapnel soupçonnait parfois Volochenko d'être jaloux de ses supposées conquêtes et de sa popularité. Il sourit et répliqua :

– Je parlerai plutôt d'un sens aigu de la déduction ou quelque chose d'approchant.

– Ne vous foutez pas de ma gueule, Shrapnel ! Vous savez que ça ne vous mène jamais très loin.

Le commissaire se leva, le regard noir, et alla se poster devant la fenêtre qui donnait sur le boulevard du Palais. Des passants tentaient de se protéger de la pluie glacée qui tombait sans discontinuer depuis le matin.

Appuyé contre le mur, le colonel Oliver Sacco, de l'ambassade américaine, l'observa un instant : jamais il n'aurait accepté qu'un de ses hommes le traite ainsi. Il n'aurait pas hésité à le casser.

L'agent spécial Kennedy et le capitaine Mathieu Le Deuff, assis sur un petit divan à droite de la porte d'entrée, attendaient que la tempête se calme. La première, fascinée par l'apparente décontraction du commandant Shrapnel ; le second, habitué à la désinvolture du chef de groupe.

Alice Dechartres, elle, n'avait pas bougé d'un pouce. Elle observait le beau visage du commandant Shrapnel, tentait d'y déceler quelque indice pouvant trahir ses intentions. Car bien évidemment, elle savait qu'il manigançait quelque chose.

– D'accord, Julien, d'accord pour la perquisition ! Mais vous pouvez tout de même nous expliquer pourquoi vous voulez retourner le domicile de Brosque.

– Je vous l'ai dit, Alice : notre enquête est au point mort. On retrouve des cadavres aux États-Unis et en France, des films porno à caractère pédophile, un psychopathe prend l'avion et atterrit en France mais rien, que dalle ! Je suis certain que Brosque a la clé, chez lui, là-bas dans sa baraque de bourgeois.

La clé… Un vrai voyou, ce Shrapnel, songea Kennedy.

– Nos collègues de l'OCLIFF ont déjà perquisitionné les lieux plusieurs fois. Ils n'ont rien relevé susceptible d'impliquer de Brosque dans quoi que ce soit d'autre que du détournement de fonds publics.

– Oui, mais eux ne cherchaient pas ce que je cherche !

– Et vous cherchez quoi au juste ? grogna Volochenko en se retournant vers son subordonné qu'il n'était pas loin de considérer comme un provocateur.

– Quelque chose qui relierait Jean-Thierry de Brosque et son amour des petits enfants à un certain Carlos Cárdenas, dit El Camino. Un ex-trafiquant de drogue mexicain qui donne dans le *snuff movie*, selon nos amis du FBI.

Il fit un clin d'œil à Kennedy, celle-ci hocha légèrement la tête.

Volochenko se posta devant le bureau entre Dechartres et Shrapnel.

– Attendez, commandant ! Vous êtes en train de nous dire que les narcos mexicains ont des velléités de s'implanter en France ?

– Grossièrement : oui !

Volochenko se retourna un instant vers le colonel Sacco qui demeura impassible. Celui-ci n'avait pas joué franc-jeu, c'était évident.

– Mais, mais… balbutia le commissaire divisionnaire, la brigade des stups est au courant ? Parce que la BRP n'a rien à faire dans un cas comme celui-là et vous…

– Le trafiquant dont je vous parle, commissaire, n'est plus vraiment en mesure d'implanter un trafic de came dans nos belles campagnes. Apparemment, toujours selon le FBI, il a dû fuir son pays la queue entre les jambes. Lui, son truc dorénavant, c'est le meurtre d'enfants devant une caméra. Et ça, ça relève directement de notre compétence !

La porte du bureau s'ouvrit à ce moment : Lor Feuerbach, de fines cernes sous les yeux, pénétra dans la pièce, suivie de l'agent spécial Torpe. Ce dernier adressa un léger signe de tête à l'attaché de l'ambassade des États-Unis. Kennedy et Shrapnel eurent le même regard pour leurs collègues : une légère surprise teintée d'amusement.

– Ah enfin ! Lieutenant Feuerbach, lança Shrapnel, jovial et surjouant les chefs de service procéduriers. C'est à cette heure que vous arrivez ? Oh oh ! Vous vous croyez fonctionnaire à la Sécurité sociale peut-être ?

Feuerbach le fusilla d'un regard terrible.

– Très drôle. Je te rappelle, chef, qu'on était encore en réunion à minuit chez Alphonse.

– Oui, et il semble que toi et l'agent spécial Mister muscles aient fait des heures sup', après...

– De plus en plus drôle, chef. Tu vas pouvoir te lancer dans le comique de boulevard.

Torpe lui, avait soudainement envie de lui témoigner son savoir-faire en matière de close-combat : quinze années au service action de la CIA, ça pouvait aussi servir à faire taire les insolents, songea-t-il en contenant sa colère.

– Si vous voulez faire des heures sup', commandant, je suis votre homme ! Karaté, krav maga ou boxe anglaise, on peut s'arranger.

– Désolé, camarade, pouffa Shrapnel, moi je suis Français : la bagarre, ça s'apprend dans la rue et ça se complète aux contacts des crapules. Vos sports exotiques, c'est bon pour les Jeux olympiques. L'important, c'est peut-être de participer mais moi, c'est ma peau que je défends quand je me coltine avec la voyoucratie...

– Non, mais ça ne va pas bien, ici ! s'exclama le commissaire Volochenko hors de lui. Commandant, vous vous croyez où ? On n'est pas au cirque, bon Dieu ! On est à la BRP ! Et vous, colonel, dites à vos hommes de garder leur calme, s'il vous plaît !

– L'agent spécial Torpe n'est pas sous mes ordres, commissaire, répondit Sacco. Il appartient au FBI.

– C'est vrai, commissaire, grinça Shrapnel : le colonel, lui est attaché culturel de l'ambassade américaine, il n'entrave rien aux choses policières !

La commissaire Dechartres, l'agent Kennedy et même le lieutenant Feuerbach continrent difficilement un éclat de rire : Shrapnel se comportait vraiment comme un sale gosse, parfois.

Volochenko, lui, était rouge écarlate.

– Mais vous avez raison également sur un autre point fondamental, commissaire, dit soudain Shrapnel en se levant brusquement de son fauteuil. Trêve de rigolades : il y a une ordure dans la nature !

Il prit son Sig-Sauer dans l'un des tiroirs de son bureau et le glissa dans son étui de ceinture. Puis enfila son blouson.

– Mathieu, tu restes ici : dès que tu as la commission rogatoire du juge, tu nous rejoins chez de Brosque. Messieurs dames de la BRP et du FBI, nous filons chez ce triste individu pour mettre à jour ses plus intimes et dégueulasses secrets.

Il adressa un sourire charmeur au commissaire Dechartres, ignorant ostensiblement Volochenko, et quitta la pièce.

– Si l'agent Valbuena arrive, pouvez-vous lui expliquer les dernières avancées, capitaine ? fit Torpe.

Il s'adressa alors au colonel Sacco :

– Je ne sais pas où il est et son téléphone ne répond pas…

Le Deuff acquiesça d'un bref mouvement de tête. Sacco demeura impassible, comme si rien ne semblait l'atteindre.

Dans le couloir, Shrapnel envoya une claque bruyante sur l'épaule de l'agent Torpe :

– Et je retiens votre invitation, Torpe. Je ne serais pas contre une explication franche et virile !

– OK pour moi ! répliqua l'Américain.

– Deux poulets qui se chamaillent en se prenant pour des coqs, c'est pathétique, déclara Feuerbach tandis que les deux flics se défiaient du regard.

20

Une heure plus tard, les deux agents du FBI et les deux officiers de la BRP étaient à pied d'œuvre.

– Ne vous cassez pas la tête ! avertit Shrapnel en se dirigeant droit vers le musée mexicain.

Il enfila un gant de latex, retira la clé de la porte et exhiba fièrement le porte-clés :

– Ça ne vous rappelle rien ?

Torpe et Feuerbach haussèrent les sourcils, dubitatifs.

Shrapnel sortit de sa poche une pochette plastique de pièce à conviction. À l'intérieur se trouvait le petit personnage découvert par les gendarmes dans le bois de Chigny.

– Avec la même inscription : « *Ciudad Juarez para la santa muerte* » ! Avec ça, je ferai parler le détenu de Brosque. Il va nous avouer jusqu'à son code de carte bleue suisse…

Il glissa sa découverte dans une autre pochette en plastique.

Kennedy, elle, examinait le mur du fond.

Sa tête légèrement penchée sur le côté, elle faisait face au sombrero publicitaire.

Shrapnel s'en aperçut :

– Tout va bien, agent Kennedy ?

– Hier, en découvrant cet endroit, un élément a retenu mon attention, expliqua-t-elle en s'approchant du chapeau. Sans savoir lequel. Et cette nuit, ça m'est revenu : tous les objets exposés dans cette pièce ont de la valeur. Tous sauf un.

Elle décrocha lentement le sombrero du mur.

– C'est une publicité qu'on trouve partout. Rien à voir avec ces masques précolombiens ou la valeur historique de ces deux fusils…

Elle plongea sa main à l'intérieur et en tira un minidisque dur externe de marque Samsung.

– Je peux voir ça ? demanda Feuerbach en dégainant de sa sacoche une minitablette tactile et un câble USB.

Elle s'assit derrière le bureau rococo en bois précieux et dorures clinquantes, relia les deux appareils et en quelques minutes pénétra dans les dossiers du téléphone portable. Les trois flics attendaient. Shrapnel savait que Feuerbach était capable de faire cracher n'importe quoi à n'importe quel ordinateur. Il l'avait déjà vue à l'œuvre, et connaissait son bureau digne d'une superproduction américaine. En matière de cybercriminalité, elle ne craignait rien ni personne. Elle a de l'avenir chez les flics, songea-t-il en l'observant passer en revue les 500 Go de mémoire vive.

– Incroyable ! dit-elle soudain. De Brosque gardait la copie de tous ses e-mails et SMS. On trouve là-dedans ses échanges avec la plupart des élus français… et quelques parlementaires européens également. Mais aussi avec des actrices connues, des footballeurs et des écrivains. Et des industriels et banquiers résidant en Suisse, apparemment.

– Vas-y, Lor, dis-moi ce que j'ai envie d'entendre ! grogna Shrapnel comme un gros chat devant sa proie.

Feuerbach faisait jouer son pad à une vitesse prodigieuse. Et puis, elle leva la tête de l'écran et plongea ses yeux dans ceux de son chef :

– J'ai là une trentaine de conversations en espagnol. Dont trois qui parlent de films *spéciaux*.

– *Fuck*... lâcha Torpe.

Une minute de silence.

– Le salopard ! fit alors Feuerbach.

Son visage était plus pâle qu'à l'accoutumée, ses yeux oscillaient de droite à gauche, étrangement, comme si elle ne pouvait se résoudre à croire ce qu'elle relisait.

– Le fils de pute... Je crois bien qu'il demande à ce que des enfants infirmes participent aux films.

Kennedy plaqua sa main sur sa bouche : il n'y avait donc aucune limite ?

Torpe et Shrapnel s'étaient raidis et une grimace de dégoût avait déformé leur bouche.

– Oui, oui, on dirait bien qu'il demande des infirmes, poursuivit le lieutenant de la BRP. Et l'autre lui répond qu'il peut trouver des... *ciegos*. Des aveugles...

Un silence terrible envahit le musée mexicain du député pédophile.

– Le salopard de fils de pute... murmura Feuerbach, les larmes aux yeux.

21

Au volant de la Mercedes ML stationnée, moteur allumé, au début du chemin qui menait à la ferme, Alicia Stanford observait les quatre véhicules non loin des habitations.

À ses côtés, El Camino semblait rongé de l'intérieur.

– Il faut que je me soulage, tu comprends ça ? grinçait-il entre ses dents closes, comme s'il tentait d'empêcher quelque démon de sortir par sa bouche.

Stanford serrait elle aussi les mâchoires. Les chasseurs s'étaient garés très tôt dans la matinée, avant le lever du pâle soleil d'hiver. Et avant que les criminels n'arrivent à la ferme.

Désormais, ils ne pouvaient plus s'avancer au risque d'être repérés et que leur signalement étrange (leur signalement ne pouvait être qu'étrange aux yeux des ploucs du coin, songeait Stanford) soit communiqué aux flics.

– Laisse-moi me les faire, Alicia ! marmonna El Camino à bout de forces. Ils sont quoi dix, douze ? Je les flingue en moins de temps qu'il faut pour écraser un *mosquito* ! Et puis on exfiltre les petits et on…

– Reste calme pour l'amour de Dieu !

El Camino arma la détente de son Taurus.

– Reste calme, *amor* ! Ils sont armés !

Le ton de la femme s'était fait plus dur.

– Je les flingue tous, je te dis. Un par un. Bang, bang, bang ! Armés ou pas armés, tu me connais, je ne les louperai pas.

Au fond du chemin, les chasseurs buvaient des bières et mangeaient des tartines de pâté. Ils ne semblaient pas décidés à patauger dans la terre boueuse des champs environnants.

– Et s'ils s'approchent trop de la grange ? fit l'homme. Ils vont découvrir *nos* petits…

– C'est pour ça qu'on ne peut pas se faire voir. Nous reviendrons plus tard dans la journée.

Elle fit marche arrière jusque sur la route nationale.

El Camino frappa d'un violent coup de poing l'accoudoir de la portière.

– *Hijo de puta* !

– Calme-toi ! répéta à nouveau la conductrice.

Elle déposa sur les genoux de son amant une petite boîte en bois de cerisier.

L'homme l'ouvrit : une figurine de Malverde, identique à celle qu'il avait égarée quelques jours auparavant.

– Ah ! Enfin… la chance sera de nouveau des nôtres.

– Tout va bien se passer, maintenant, acquiesça Alicia Stanford en accélérant.

Devant la vaste demeure de Jean-Thierry de Brosque, Mathieu Le Deuff attendait ses collègues, appuyé sur sa Renault Mégane. Son visage semblait plus serein que la veille.

– Pas de nouvelles de l'agent Valbuena ? interrogea Torpe lorsqu'il le vit seul.

– Il a laissé un message rue de Lutèce : il est souffrant. Apparemment, il n'a pas digéré la cuisine de Lotte.

Shrapnel pouffa de rire :

– Ah, ça ! Dès qu'on ne becte pas du lyophilisé et du pasteurisé, vous autres les Ricains, ça vous retourne les tripes.

Sourds aux provocations du flic français, Torpe et Kennedy échangèrent un rapide regard : ça faisait quelque temps que leur collègue du FBI n'était plus vraiment concerné par les affaires en cours. On disait au Bureau qu'il s'apprêtait à divorcer et que son père souffrait d'un cancer incurable. Lui n'avait jamais voulu confirmer ces allégations mais une telle situation pouvait nuire au professionnalisme du meilleur flic. Torpe se dit qu'il n'aurait peut-être pas dû lui demander de les accompagner en France.

Une fine pluie tentait de mouiller jusqu'aux os des flics. Shrapnel distribua les rôles :

– Agent Torpe, vous allez m'accompagner à Fleury-Mérogis, on va secouer l'heureux propriétaire de cette bicoque ! Lor et vous, agent Kennedy, allez donc compulser le fichier des personnes recherchées ! Vous me trouvez tout ce qui concerne la disparition d'enfants… aveugles.

Le Deuff semblait abasourdi :

– Quoi ? Qu'est-ce que c'est que cette histoire encore ?

– On est tombé sur un disque dur contenant des conversations e-mails ou SMS, expliqua Feuerbach. Le député de Brosque semble être attiré par des jeux filmés avec des enfants infirmes. Et spécialement aveugles.

– Mon Dieu…

– Comme tu dis, Mathieu. Toi, tu vas me délimiter un périmètre de cinquante kilomètres autour du bois de Chigny où ont été découverts les derniers cadavres. Tu recherches un magasin de babioles mexicaines.

Il envoya le sachet plastique contenant le porte-clés auquel était accrochée la figurine du bandit Malverde.

– J'ai le sentiment que nos psychopathes ne sont pas loin.

Le Deuff observait la figurine à travers le sachet plastique.

– Même inscription que sur celle que j'ai trouvée dans le bois de Chigny. Je le passe aux gars de la scientifique ?

– J'allais te le demander, dit Shrapnel.

Il récupéra le sachet destiné aux pièces à conviction et le glissa négligemment dans la poche de son blouson. Il fit un signe de tête à Torpe, qui le suivit.

– Je veux que tout ça donne des résultats dès ce soir, déclara-t-il. On se retrouve à vingt heures pétantes au bureau, rue de Lutèce. Soyez bons, mes amis, soyez bons !

Les flics se séparèrent.

Une meute assoiffée de justice à la recherche des pires prédateurs qui pouvaient grouiller dans une société dite civilisée. Cette société où le jeu démoniaque de l'offre et de la demande engendrait de tels prédateurs.

Le sommeil de la raison produit des monstres, se souvint Shrapnel en fonçant vers la Francilienne.

22

Le complexe pénitentiaire de Fleury-Mérogis était d'abord une prison pour hommes. Mais il disposait également d'un petit établissement pour femmes. On y dénombrait 3 689 détenus pour 2 856 places théoriques. Cinq divisions (de D1 à D5) comportaient chacune environ 750 prisonniers, prévenus ou condamnés, longues ou courtes peines. Les bâtiments formaient des « tripales », donnant sur des cours de promenade ou des terrains de sport. Le tout encerclé par un mur de béton long de trois cents mètres abritant des ateliers de travail. Une vraie forteresse ponctuée de miradors où des gardiens armés de fusil veillaient au grain – et surtout, à l'ivraie !

Chaque bloc recevait des détenus selon leur provenance géographique. Encore fallait-il réunir les fumeurs et les non-fumeurs, ceux qui pratiquaient une certaine religion et les autres… Un monde en dehors du monde, en somme. Les règles de l'extérieur n'y étaient que rarement respectées. Et, malgré une rénovation destinée à prendre fin en 2017 lorsque le bloc D5 serait achevé, Fleury-Mérogis demeurait un univers à part. La prison resterait toujours la prison, s'accordaient à dire les prisonniers, les gardiens et les flics.

Après avoir débriefé Torpe sur cette prison presque célèbre, Shrapnel déposa son arme à l'entrée, imité par son collègue. Un gardien taciturne, un peu trop gros pour un fonctionnaire apte au service, les précéda.

Dans les couloirs, les gardiens devaient crier pour se faire entendre car un brouhaha continu montait de toute la centrale.

Devant les mines renfrognées des deux flics, le gardien eut un sourire entendu :

– De la première heure du matin à la dernière du soir, c'est le bordel, expliqua-t-il. Un mélange de rap, de cris et d'insultes. Et puis, les discussions hurlées entre les prisonniers depuis des cellules éloignées. C'est pas un boulot, croyez-moi !

En 1981, les quartiers d'isolement (QI) avaient remplacé les quartiers de haute sécurité (QHS). Le QI permettait au chef d'un établissement pénitentiaire d'écarter les détenus gênants sans qu'il y ait faute disciplinaire. Mais ces quartiers spéciaux servaient surtout à protéger les prisonniers exposés aux agressions de leurs codétenus : délinquants sexuels, policiers ou détenus un peu trop « célèbres » y étaient relégués.

– Le détenu de Brosque se trouve à l'isolement, récita le gardien comme s'il leur faisait visiter un site historique. Vous pensez, pédophile, homme politique et millionnaire ! Dans les autres divisions, il n'aurait pas tenu une heure...

– Chez nous, les millionnaires s'en sortent toujours, glissa Torpe en souriant, à l'oreille de Shrapnel.

– Les Français, eux, aiment à croire que les aristocrates finissent à la lanterne, répondit celui-ci. Mais bien souvent, chez nous aussi, les millionnaires s'en sortent bien mieux que les traîne-misères.

Après avoir jeté un œil par le judas, le maton fit claquer la serrure d'une cellule.

– De Brosque, ces messieurs de la police veulent vous parler.

– *Monsieur* de Brosque, si ce n'est pas trop vous demander ! hurla d'une voix aiguë et excédée le ventripotent détenu, ex-représentant du peuple français.

Mais lorsqu'il vit Shrapnel, Torpe et leur air pas commode, il baissa le regard et se recroquevilla sur son lit. De toute évidence, la détention et l'isolement ne lui convenaient guère.

La cellule faisait environ 10 m². Un lit, un cabinet de toilette-douche (depuis la récente rénovation des blocs), une télé fixée au mur en haut à gauche des quatre fenêtres qui formaient une croix vitrée et à barreaux, une table qui courait le long du mur, sous laquelle se trouvaient un petit réfrigérateur, des provisions et des bouteilles d'eau ça et là dans les coins. Le détenu se voyait octroyer une heure de promenade par jour, seul dans une courette de dix mètres sur trois.

– Bon, on ne va pas y aller par quatre chemins, commença Shrapnel en exhibant les deux sachets plastiques.

Il montra celui contenant la figurine trouvée dans le bois de Chigny.

– Ça, c'est ce qu'on a découvert près des cadavres de gamins dans un bois de l'est de la région parisienne.

Il jeta le deuxième sachet sur le lit à côté du détenu.

– Et ça, on l'a trouvé chez toi !

De Brosque jeta un œil hagard à la pièce à conviction.

– Ben, quoi ? C'est Malverde, un porte-bonheur mexicain !

– Drôle de porte-bonheur, coupa Torpe sans prévenir. C'est un porte-bonheur de narcos mexicains, oui !

De Brosque lui lança un regard inquiet :

– C'est qui, lui ?

– Lui, c'est l'agent spécial Torpe, du FBI. Parce que tu comprends, pépère, te voilà sous le coup d'une enquête internationale. Autant dire qu'il se pourrait bien que l'agent Torpe te ramène aux *States* et te colle à Alcatraz pour une quarantaine d'années. Là-bas, il n'y a pas de quartier d'isolement pour les *people* dans ton genre.

– Non, pas de faveur chez nous, précisa Torpe avec un sourire sadique. Tu vas passer tes journées et tes nuits dans les pattes de gangs qui n'aiment pas vraiment les dégueulasses comme toi.

– Ça m'étonnerait que je risque l'extradition !

– Tu veux parier, ducon ? grogna Shrapnel. Tes appuis haut placés ont trop peur d'être mouillés dans tes sales affaires pour t'assurer une retraite tranquille à Fleury ! En plus, en ce moment, les justices américaines et françaises filent le parfait amour... Et le président de la République est désormais le meilleur ami du président américain ? T'as pas vu les journaux récemment ?

Torpe se frotta les mains quelques secondes et :

– Mes chefs à New York n'auront aucune difficulté à obtenir ton extradition, tu peux y compter ! Nos deux présidents seront ravis de les satisfaire...

De Brosque n'était plus le fringant politicard qu'il avait été : la prison, l'évidente disparition de ses amis haut placés et la perspective de moisir dans une cellule durant de nombreuses années l'avaient profondément abattu. Les deux flics jouaient sur du velours.

– Allez, dis-nous où tu as eu ce porte-clés ! ordonna Shrapnel.

Le détenu souffla longuement, douloureusement.

Torpe s'assit à côté de lui, sur le lit. Il lui tapota affectueusement la cuisse :

– Et dis-nous ce que tu sais de Carlos Cárdenas, appelé aussi dans certains milieux El Camino.

Et Jean-Thierry de Brosque balança l'histoire sordide qui l'avait mené de la représentation politique distinguée à la crapulerie la plus vile, avec pour épilogue le meurtre sanglant d'enfants devant une caméra. Il précisa plusieurs fois qu'il était malade, la proie de pulsions écœurantes, qu'il fallait qu'on le soigne. Les deux flics feignaient la compréhension mais se retenaient de lui coller des baffes.

Dans le cadre de ses fonctions et mandats politiques, de Brosque s'était souvent rendu au Mexique. Au milieu des années 2000, il avait rencontré du côté de Ciudad Juarez des « hommes d'affaires ». L'un d'eux, Carlos Cárdenas, lui avait offert quelques cadeaux : un peu d'argent liquide, une voiture de sport et des séjours dans des stations balnéaires sur la côte Pacifique. Ça se faisait dans ce pays. Le porte-clés avec l'inscription « *Ciudad Juarez para la santa muerte* » comptait parmi ces cadeaux, une espèce de signature au bas d'un contrat tacite liant les deux hommes.

Car, dans les environs de Ciudad Juarez, Cárdenas lui avait aussi procuré quelques filles très, très jeunes. El Camino avait compris que toute déviance pouvait être exploitée : et les étranges penchants sexuels de l'homme politique français pouvaient évidemment lui servir un jour ou l'autre. Il avait raison : lorsqu'il dut fuir en France, Cárdenas contacta le président de l'association Les Amis du Mexique. De Brosque et quelques richissimes amis suisses férus, comme lui, de sexe interdit payèrent pour les films pédophiles et criminels du Mexicain.

– Oui, oui, je lui ai demandé des films avec des enfants...

– Des enfants aveugles, n'est-ce pas, saloperie ? hurla soudain Shrapnel.

– Oui, oui, des enfants aveugles... pleurnicha le détenu. Mais je suis malade, comprenez-moi, bon Dieu !

Shrapnel le saisit par le col et le colla contre le mur. Torpe fit un geste pour le retenir mais son dégoût l'emporta : le Français savait peut-être y faire avec ce genre de criminels.

– Quand et comment tu contactes El Camino ?

– Tous les deux mois ! Il me contacte. Moi, je ne sais pas comment le joindre.

– Il se planque où ?

– Je ne sais pas...

Shrapnel lança un direct dans l'estomac du prisonnier. Ses yeux se révulsèrent et pendant de longues secondes sa respiration fut un lointain souvenir. Sans doute crut-il mourir, là, dans sa cellule.

– Donne-nous quelque chose pour le retrouver où je m'arrange pour que l'agent Torpe te fasse transférer dans le bloc d'une prison ricaine pleine de suprématistes très au fait de ton pédigrée !

De Brosque recouvra un semblant de respiration. Il haletait comme un gibier pendant la curée.

– Un jour, il m'a dit qu'il y avait un endroit à visiter près de chez lui, un truc qui lui rappelait l'Amérique du Nord…

Shrapnel, qui le tenait toujours par le col de sa chemise, appuya son pouce sur la pomme d'Adam du pédophile. La pression raviva sa difficulté à respirer.

– Eurodisney, il a dit !

Shrapnel relâcha l'homme qui se roula en position fœtale sur le lit. Il chialait comme un gamin. Sans doute comme les gamins qu'il avait vus souffrir dans ses films.

– Venez Torpe, on se tire ! dit le commandant de la BRP. Ce type va me faire dégueuler.

Les deux flics sortirent. Lorsque le gardien referma la porte, de Brosque hurla :

– Je suis malade, bon Dieu ! Aidez-moi, aidez-moi !

Devant la prison, Torpe retint Shrapnel par le bras. Il affichait un sourire ironique.

– Au fait, commandant, la prison d'Alcatraz Island a été fermée en 1963.

Shrapnel le dévisagea, lui rendant son sourire.

– Je sais, agent Torpe, je sais. J'imagine que vous avez dû la fermer lorsque Clint Eastwood s'en est évadé. Ça faisait une mauvaise pub, hein ?

23

– Je suppose que tu le sais déjà, mais le fichier des personnes disparues recense les individus dont on a signalé l'absence et qui font l'objet d'une mesure de recherche ou de vérification de leur situation juridique, expliqua Lor. Cette base de données, à la disposition des services de police et de gendarmerie, des autorités judiciaires, militaires ou administratives, contient plus de 400 000 noms et 21 catégories regroupant les sujets concernés, classés selon le fondement juridique de leur recherche.

Feuerbach et Kennedy disposaient d'éléments assez précis pour affiner leurs recherches. Des critères sordides : mineur et aveugle. Rapidement, deux noms se détachèrent. Le premier concernait un enfant disparu deux ans auparavant – disparition évidemment trop ancienne pour correspondre aux crimes d'El Camino sur le territoire français. Le deuxième, une jeune fille de quinze ans disparue une semaine plus tôt.

– Priscilla Sauvée, ça pourrait être elle ! s'exclama Feuerbach en comprenant que le pire était peut-être déjà arrivé.

Les deux flics décidèrent de se rendre dans le centre de scolarisation pour jeunes déficients visuels, aux abords de la base nautique et de loisirs de Jablines-Annet, en Seine-et-Marne.

Sur le trajet, les deux jeunes femmes tentèrent bien de parler de la pluie et du beau temps. Mais chacune savait ce que l'autre voulait savoir.

Feuerbach ouvrit le feu :

– Julien est plutôt charmant, n'est-ce pas ?

Kennedy eut un large sourire :

– Charmeur, je dirais.

– Quelle est la nuance ?

– Il aurait été charmant si j'avais cédé à ses avances. Il est charmeur parce que je n'ai pas cédé.

Feuerbach s'étonna d'une telle confidence. Dans d'autres circonstances, elle n'aurait jamais résisté aux avances de son chef s'il lui en faisait. Mais sans en parler, ils convenaient à intervalles réguliers que ce n'était pas une bonne idée.

– Tu n'as pas couché avec Julien ? demanda-t-elle.

– Ça t'étonne ?

Le lieutenant ne répondit pas : évidemment que ça l'étonnait ! Mais elle soupçonna aussi l'agent spécial d'avoir ressenti quelque plaisir à repousser Shrapnel qui, il fallait le reconnaître, n'était pas le moins présomptueux des dragueurs.

– Et toi, que penses-tu de mon collègue, Sam ?

Feuerbach émit un petit rire.

– Comme flic ou comme amant ?

Cette fois, ce fut Kennedy qui lâcha un petit rire gêné :

elle n'avait aucune envie d'en savoir plus sur les compétences de son chef en matière de sexe !

– Il est très compétent, plus que la moyenne, glissa Feuerbach avec un sourire.

– OK, OK, restons-en là, s'il te plaît. On a une enquête à boucler et...

– Sur les deux plans, si tu veux savoir : c'est un excellent flic et un excellent amant !

L'Américaine se retourna ostensiblement, agitant la main en signe de dégoût. Les deux femmes riaient encore en apercevant l'établissement pour jeunes aveugles. Mais leur rire leur parut déplacé et elles retrouvèrent immédiatement leur sérieux. Leur sérieux et peut-être une forme d'inquiétude.

Le directeur du centre souffrait lui-même de cécité. Il semblait effondré et ne sut rien dire qui aurait pu orienter les recherches. Les gendarmes de la brigade de Lagny-sur-Marne l'avaient d'ailleurs interrogé à deux reprises depuis la disparition de Priscilla, une semaine auparavant. En vain, précisa-t-il.

L'homme semblait abattu. Imaginer qu'un prédateur sexuel put s'en prendre à ses pensionnaires dépassait son imagination et ses forces. D'ailleurs, tout le personnel d'encadrement et les pensionnaires avaient été choqués par la disparition de Priscilla Sauvée. Une étrange atmosphère de deuil planait sur le centre. Le temps pluvieux ajoutait encore à ce malaise. Les deux flics préférèrent ne pas insister.

Mais alors qu'elles regagnaient leur véhicule, un jeune garçon d'une quinzaine d'années les interpella dans la cour :

– Mesdames les policières, puis-je vous parler de quelque chose qui peut vous paraître bizarre ? demanda-t-il d'un ton presque pompeux.

Les deux flics s'approchèrent.

Il les entraîna sous un préau, juste à côté du parking des visiteurs.

– Là, on sera à l'abri. De la pluie, et des oreilles. Parce que vous savez, nous, les déficients visuels, comme on dit, nous avons souvent l'ouïe extrêmement performante. Ce n'est pas qu'un cliché : on entend mieux que vous. Par exemple, je sais que l'une d'entre vous est américaine, du nord des États-Unis. New York peut-être ?

– Tu es très fort, bravo, dit Kennedy. J'habite dans le New Jersey exactement. De la fenêtre de mon appartement, je vois les gratte-ciels de New York, au-delà de l'Hudson River.

– Oui, moi, je ne vois rien du tout et je ne verrai jamais. Mais j'ai une excellente oreille.

Le gamin souriait, fier de ses dons.

– Et tu as entendu quelque chose qui pourrait nous intéresser ?

– Eh bien, c'est-à-dire que je suis passionné par les voitures. Les belles voitures, hein ! J'ai même fait des stages dans des garages automobiles. Je veux être mécanicien plus tard.

Les deux femmes échangèrent un rapide regard : quelle chance y avait-il que ce jeune homme devienne mécanicien un jour ? Selon elles, aucune.

– Vous devez vous dire que la mécanique est un métier où il faut voir, expliqua le non-voyant. Vous seriez étonnées de connaître le nombre de réparations et surtout de réglages de précision qui se font à l'oreille. On dit qu'un bon mécanicien peut déceler le problème rien qu'en écoutant le moteur.

– Où veux-tu en venir ? interrogea Feuerbach qui commençait à se demander si le gamin n'avait pas un autre problème que la cécité.

Mais Kennedy le prenait au sérieux :

– Tu as entendu une voiture le jour où Priscilla a disparu ?

– Il se trouve qu'un de mes stages, je l'ai fait dans une concession Mercedes, pas très loin d'ici, à Saint-Thibault-des-Vignes. Et oui, le soir de la disparition de Priscilla, j'ai entendu une voiture que je n'avais jamais entendue à l'entrée du centre.

Il se gratta les cheveux, un peu ennuyé.

– C'est interdit mais moi, je fume. Des clopes, pas du cannabis, hein ! Le soir, je sors discrètement de ma chambre et je vais fumer une ou deux cigarettes dans le parc. Et ce soir-là, j'ai donc entendu une voiture que je n'avais jamais entendue avant.

Feuerbach n'en revenait pas.

– Tu es capable de dire ce que c'était comme voiture ?

– Une Mercedes. Je crois que c'était un GLK, ou peut-être un ML. À la réflexion, je pense que c'était un ML.

– Tu en es certain ? insista Kennedy.

– Certain, certain, c'est beaucoup dire... Mais, franchement, le moteur d'un SUV Mercedes ML, c'est vraiment agréable à écouter.

Les deux flics réfléchissaient à cent à l'heure : c'était une piste incroyable ! La première piste vraiment intéressante détenue par la BRP.

– Merci pour ces renseignements ! On doit y aller, maintenant, nota Feuerbach avec un bien inutile signe de la main.

Comme les deux jeunes femmes regagnaient leur véhicule, le jeune homme les interpella à nouveau :

– Hé, mesdames, vous n'auriez pas une cigarette ?

– Tu l'as dis toi-même : c'est interdit de fumer ! répondit Feuerbach.

– Ah ! Les femmes, tout un poème ! répliqua le gamin.

24

Pour le capitaine Mathieu Le Deuff, Internet n'avait rien d'une bibliothèque moderne mettant le savoir universel à la disposition libre et gratuite de tout un chacun. Bien au contraire, son travail à la BRP l'avait souvent mené face aux horreurs cachées sur la toile. Parfois, confronté à ces dérives de la cruauté et de l'appât du lucre, il en venait à penser qu'un ordinateur pouvait être plus dangereux qu'un fusil. Il restait, en tout cas, toujours persuadé qu'il ne fallait pas laisser les enfants et les êtres fragiles seuls face à un écran.

Pourtant, bien utilisé, Internet pouvait s'avérer d'une efficacité redoutable. Ça aussi, il en était conscient. Dans son boulot, la toile pouvait même sauver des vies. La recherche entreprise ce jour-là l'amena ainsi rapidement à lister trois boutiques plus ou moins spécialisées dans la vente de produits d'Amérique latine. Shrapnel lui avait demandé de tracer un périmètre de recherche de cinquante kilomètres autour du bois de Chigny. Il dut rapidement se rendre à l'évidence : la mode de l'art précolombien et de la nourriture exotique transforma sa quête en un labeur surhumain. Dès que l'on passait le périphérique, les magasins proposant des produits qui sentaient bon le soleil mexicain dépassaient la centaine.

Alors, il rétrécit son champ d'action. C'était presque un coup de poker : mais il choisit de le limiter à vingt kilomètres autour de l'endroit où il était allé reconnaître les deux cadavres torturés et mutilés. Ça revenait à considérer que le ou les meurtriers avaient déposé le corps de leurs victimes pratiquement sur le pas de leur porte. Trois boutiques retinrent pourtant son intention.

Par la porte de son bureau au 3, rue de Lutèce, il aperçut l'agent spécial Valbuena passer dans le couloir.

– Valbuena ! interpella-t-il.

L'Américain passa la tête dans l'entrebâillement de la porte.

– Ça va mieux ?

Valbuena fronça les sourcils.

– Votre indigestion, ça va ? précisa Le Deuff.

– Ah ! Oui, oui. Je ne dois pas être un grand fan de votre nourriture. Dommage parce que c'était très bon, ce qu'on a mangé chez Alphonse.

Ce disant, il pénétra dans le bureau :

– Qu'est-ce que vous faites ?

Le Deuff leva les yeux de son ordinateur.

– Je recherche des boutiques qui vendraient des figurines de Malverde.

Valbuena resta debout devant lui, ses lèvres pliées en un rictus nerveux.

– Vous avez un problème, agent spécial ? fit Le Deuff.

– Non, non, répondit l'autre. Mais vous croyez que ça va vous mener à quelque chose ?

– Disons que nous partons de l'hypothèse que le criminel a perdu ce « porte-bonheur » sur les lieux où nous avons retrouvé ses dernières victimes et qu'il cherchera forcément (si ce n'est déjà fait) à s'en procurer un autre. Vous voyez ?

Valbuena semblait dubitatif.

– Je crois que vous perdez votre temps…

– On verra ça. Je vais tout de même aller faire le tour de trois boutiques qui pourraient vendre ce genre de gri-gri. Je ne vous propose pas de m'accompagner, je crois que l'agent Torpe veut vous voir au plus vite. Vous ferez bien de le contacter.

– Oui, oui. Je vais faire ça.

Valbuena disparut dans le couloir.

– On se voit ce soir à 20 heures ! Réunion ici même…

Aucune réponse.

Étrange gars, songea Le Deuff l'espace d'une seconde.

Il se mit en route en fin de matinée. Dans le lecteur CD de sa Renault Mégane, il glissa le *Concert pour une voix* de Saint-Preux. La musique adoucit les mœurs, dit-on. Pour Mathieu, elle aiguisait sa concentration.

La première boutique, *La Cucaracha*, n'était que l'imitation d'une marque de fast-food censée développer un concept aseptisé de nourriture tex-mex. Puisque ça fonctionnait aux États-Unis, avaient dû songer ses propriétaires, ça fonctionnerait forcément en France. L'entreprise s'apprêtait visiblement à mettre la clé sous la porte.

La deuxième enseigne était un bazar qui vendait tout et n'importe quoi. Le Deuff s'aperçut que les produits étaient tous fabriqués en Chine ou en Asie du Sud-Est.

Son instinct lui dit que ce n'était pas dans ce genre d'endroits qu'on pouvait acheter un Malverde. Sans doute fallait-il qu'il ait été fabriqué au Mexique, si possible par des artisans du Sinaloa dont était originaire la légende du bandit, pour que son pouvoir superstitieux soit effectif.

Puis, dans une zone industrielle où soufflait un vent glacé à décorner les bœufs, en bordure d'Ozoir-la-Ferrière, le flic de la BRP gara sa voiture devant un entrepôt. Au dessus de la porte coulissante, une petite pancarte indiquait « *Sol del Chiapas* ».

Un homme, à peine abrité du vent par une petite pergola en tôle ondulée, fumait un joint d'herbe. En voyant arriver Le Deuff, il aspira une profonde bouffée et écrasa la cigarette sous son pied.

Le flic sortit sa plaque, l'homme pâlit.

– Vous êtes vendeur ici ?

– Le vendeur et le patron, c'est moi.

– Vous vendez ce genre de chose ? interrogea Le Deuff en montrant une photo de la figurine de Malverde.

Il hocha la tête, les yeux embués par l'herbe.

– Et vous en avez vendue récemment ?

– Il y a quelques jours, une belle plante est venue m'en acheter un. Vous êtes bien renseigné, dites donc !

Le Deuff s'écarta du bâtiment et leva les yeux vers les toits. Il pointa ses doigts vers une caméra de surveillance.

– Vous avez les bandes de la caméra ?

L'autre secoua la tête.

– Pas moi, non. C'est une société de surveillance qui gère la sécurité de la zone. Eux, ils les auront sûrement…

Le patron de *Sol del Chiapas* inclina alors la tête pour regarder au-dessus de l'épaule de Le Deuff. Son visage pâlit mais ce n'était pas à cause de la drogue : une frayeur immense déformait ses traits.

– Il a un flingue, ce con…

Le flic porta instinctivement la main à son étui de ceinture, saisit la crosse de son Sig-Sauer mais une seconde trop tard. Comme il allait se retourner, un coup de feu claqua.

Il vit le crâne de son interlocuteur exploser contre la porte d'entrée de l'entrepôt.

Il se jeta à terre.

Une deuxième détonation.

Il sentit une douleur inouïe lui transpercer l'épaule.

Une troisième détonation.

Son crâne fut touché par une pointe d'aiguille chauffée à blanc. La douleur fut terrible.

Et toute perception disparut.

25

Abattement.

Colère.

Et vengeance.

Ces sentiments traversaient, l'un après l'autre ou même concomitamment, l'esprit de chaque flic présent dans le bureau du commandant Julien Shrapnel, de la Brigade de répression du proxénétisme.

Il était 20 heures.

Le capitaine Mathieu Le Deuff était allongé sur une table d'opération de La Salpêtrière. Un neurochirurgien tentait de lui sauver la vie depuis trois heures.

Le commissaire principal Volochenko faisait triste mine. Qu'on tire sur ses hommes, ça dépassait son entendement. Shrapnel, à la rigueur, ça ne l'aurait plus étonné… Même les plus vils truands pouvaient avoir des raisons de lui nuire ! Mais Le Deuff, un flic aussi bien noté, consciencieux et réfléchi, ça n'avait pas de sens.

Alice Dechartres, elle, s'inquiétait justement pour Shrapnel. Elle le savait capable de tout mettre en œuvre pour faire payer l'homme qui avait abattu son collègue et ami. Un épisode de la tumultueuse carrière du chef du groupe Cabaret lui revint en mémoire. Des années auparavant, le commandant Julien Shrapnel n'avait pas hésité à traverser quatre frontières illégalement pour aller chercher un tueur à gages réfugié dans la banlieue de Dnipropetrovsk. L'homme avait exécuté froidement un père qui venait de sauver sa propre fille d'une bande de proxénètes liés à la mafia russe. Le tueur s'était enfui et les autorités de Kiev refusaient désormais son extradition car il bénéficiait de la double nationalité ukraino-russe. Des gars de la BAC de Strasbourg avaient pourtant découvert le type, pieds et poings liés, dans une rue au petit matin sans qu'on puisse jamais prouver le kidnapping. Mais la commissaire savait que son subordonné avait fait son job. Le tueur à gages avait écopé de dix-sept ans de prison. L'Inspection générale de la police nationale n'avait pas réussi à prouver l'implication de Shrapnel, l'affaire en était restée là.

– Il va s'en sortir, dit Lor. Pour ses gamins, sa famille qu'il aime plus que tout.

– Je ne vois pas le rapport, murmura Shrapnel, affalé dans le siège, derrière son bureau.

– Il ne les laissera pas tomber : il va s'accrocher !

– Des conneries, tout ça, lieutenant ! Deux balles de calibre 40, dont une dans la tronche, laisse-moi te dire que ses mioches et sa bourgeoise, Le Deuff, il n'est pas près de les reconnaître !

À ce moment, l'agent spécial Valbuena pénétra dans le bureau.

– Mais où étais-tu ? lui lança Torpe, furieux.

– Mais je l'ai dit : j'étais malade. Je suis resté à l'hôtel toute la journée...

– On a appelé plusieurs fois l'hôtel, objecta l'agent Kennedy. Impossible de te joindre.

– Ben, je dormais. J'étais complètement KO. La bouffe m'a rendu malade.

Torpe et Kennedy dévisagèrent leur collègue : décidément, Valbuena n'était pas à la hauteur en ce moment. Mais ils se turent.

La nuit était calme sur les toits de Paris. Rien ne laissait imaginer que des enfants se trouvaient entre les griffes d'un dingue, criminel, pédophile et complètement incontrôlable.

– Bon, il serait tout de même bon de faire un point sur l'enquête, remarqua soudain Shrapnel. Si on trouve El Camino, on trouvera aussi l'ordure qui a tiré sur Le Deuff !

Il se leva et s'approcha d'un tableau fixé au mur. Les captures d'écran d'une vidéo de télésurveillance révélaient le visage d'une belle blonde portant des lunettes noires Dolce & Gabana.

– Agent Torpe, pouvez-vous nous parler de cette personne ? demanda Shrapnel.

– C'est Alicia Stanford. De son vrai nom, Rita María Guillermoprieto. On pense qu'elle est issue d'un milieu très défavorisé, son père devait être ouvrier agricole dans le Sonora. Elle est arrivée à Ciudad Juarez avant l'âge de quinze ans pour faire commerce de son corps.

Il fit un signe à l'agent Kennedy afin qu'elle lui confie son ordinateur portable. Il continua à lire le dossier Stanford/Guillermoprieto constitué par les biographes du FBI :

– Elle a rencontré Carlos Cárdenas alors qu'il n'avait pas 21 ans. Selon nos sources, ils ont tourné un film porno ensemble qu'on a retrouvé dix ans plus tard. Déjà, dans ses films à l'époque, El Camino finissait par tabasser ses partenaires. On pense que déjà, certaines mouraient. Mais à Ciudad Juarez, tant de filles disparaissaient…

– Qu'un monstre comme ça puisse exister, c'est incroyable, lâcha le commissaire Volochenko.

Pendant quelques secondes, tous les flics le regardèrent. Tous se demandèrent si le jeune divisionnaire issu des grandes écoles de la République française avait déjà vu un *monstre*.

– Apparemment, la jeune Guillermoprieto était une maîtresse exceptionnelle. Si exceptionnelle qu'El Camino ne put plus s'en séparer. Ensemble, ils se sont hissés au plus haut niveau du trafic de drogue du Chihuahua. Ils en devinrent les *capos*, les chefs. Mais leur réputation continuait à se propager : les rumeurs disaient qu'ils multipliaient les *snuff movies*, des centaines de filles et de garçons mineurs auraient été assassinés.

– Donc elle a suivi El Camino en France ?

Torpe eut une grimace marqué par la lassitude : les deux amants ne pouvaient se quitter, c'était presque pathologique.

– Ça pourrait être elle qui a tiré sur le capitaine Le Deuff ? demanda Dechartres.

– Oui, bien sûr, elle en est capable, répondit Torpe. Mais El Camino aussi. Et puis…

– Et puis quoi, agent Torpe ? grogna Shrapnel. Qu'est-ce que vous nous cachez d'intéressant ?

Les deux hommes échangèrent un regard où le défi le disputait à la curiosité.

– C'est-à-dire que… Bon, au FBI, on pense que quelqu'un aide El Camino. En interne.

– En interne ? Ça veut dire que quelqu'un de chez vous rencarde les deux dingues qui découpent de pauvres gosses après les avoir violés ?

Les trois agents du FBI restèrent silencieux. Depuis plusieurs mois, El Camino avait toujours un coup d'avance sur eux. Il ne fallait pas être devin pour comprendre qu'une taupe le renseignait.

– J'ai comme l'impression, commissaire, glissa Shrapnel à l'adresse de Volochenko, que votre brillante idée de collaboration entre la BRP et le FBI est devenu un foutu bordel.

– Je n'étais pas au courant, plaida l'autre. Le colonel Sacco de l'ambassade des États-Unis aurait dû nous prévenir… D'ailleurs, où est le colonel ?

Torpe et Kennedy haussèrent les épaules.

– J'ai l'impression que la police française s'est encore fait avoir dans toutes les largeurs, affirma Shrapnel.

– Julien, ça suffit ! ordonna Dechartres. Ce qui est fait est fait ! On n'a plus le temps de se chercher des noises !

Shrapnel contempla cette femme qui, depuis quarante ans, avait gravi tous les échelons de la police nationale. Elle avait vu des choses horribles, croisé des criminels hors normes mais elle avait surtout réussi à survivre dans un milieu professionnel masculin, violent et où les egos surdimensionnés de certains gradés juraient avec les douleurs personnelles des hommes de terrain. De cette expérience, elle avait puisé un charisme exceptionnel, que même Shrapnel respectait.

– Maintenant, vous allez sur le terrain, reprit-elle lentement en fixant de son regard perçant le chef du groupe Cabaret. On dispose de photos récentes d'El Camino et de Stanford. Le gamin aveugle du centre d'éducation de

Jablines nous a parlé d'un SUV Mercedes. Et on a peu ou prou défini un périmètre : en gros, la partie nord-est de la Seine-et-Marne.

Shrapnel glissa son Sig-Sauer dans son étui de ceinture, sans un mot. Puis, il prit une profonde inspiration en enfilant son blouson :

– On va les coincer, commissaire. Pour tous ces gamins. Et pour Le Deuff aussi…

– Non, dit Dechartres. Je vous le répète, ce qui est fait est fait. Ces gamins sont morts, Le Deuff gît sur une table d'opération, vous n'y pouvez rien. Votre vengeance de western, vous la laissez au vestiaire ! Ce que vous pouvez faire cependant, commandant, c'est sauver cette pauvre gosse aveugle s'il en est encore temps !

Le commandant de la BRP ouvrit la porte de son bureau, les autres flics s'étaient levés à leur tour.

Dechartres, elle, était restée assise, fixant le ciel sombre au travers de la vitre sale :

– Et je veux que vous la sauviez, commandant. Vous comprenez ? Je veux que vous la sauviez, quel qu'en soit le prix.

Shrapnel et ses collègues sortirent dans le couloir. Ils avaient tous compris que le prix risquait d'être très élevé.

26

Depuis le début de la journée, El Camino tournait comme un lion en cage dans la villa aux abords du golf de Bussy-Saint-Georges. L'idée que cette jeune fille aveugle l'attendait, effrayée et abattue, derrière les barreaux de sa cage lui procurait des assauts pulsionnels difficilement maîtrisables.

Alicia Stanford observait son amant. Elle, c'était un sentiment grandissant d'inquiétude qu'elle ne parvenait plus à museler. El Camino était-il en passe de devenir complètement fou ? Et surtout, son comportement de plus en plus irrationnel risquait-il de les faire repérer ?

– Notre flic m'a averti que nos amis du Sonora étaient arrivés à Marseille. Peut-être devrait-on prendre contact avec eux ?

– Oui, oui, c'est ça, prends donc contact avec ces *hijos de puta* ! lâcha El Camino en sniffant une énième trace de cocaïne sur la table basse du salon.

– Ces films ne sont qu'un pis-aller, *amore*, tenta Stanford. Si tu parviens à reprendre le business, le vrai business, celui pour lequel tu as des compétences innées, nous pourrons sans aucun doute retrouver notre position.

El Camino suait étrangement. Une pellicule luisante recouvrait son front et tachait sa chemise au niveau de ses aisselles. Il se servit maladroitement un petit shot de tequila qu'il avala d'un trait.

– Cette téquila est à gerber ! Le pays me manque, je crois.

Stanford s'approcha de lui et posa une main douce sur son épaule :

– Justement, prenons contact avec les gens du Sonora ! Nous étions alliés avec eux, rappelle-toi !

El Camino repoussa violemment sa maîtresse.

– Et toi tu te rappelles qu'ils n'ont pas bougé le petit doigt quand on se faisait massacrer à Ciudad Juarez ? Personne ne nous a aidés et nous avons dû fuir comme des chiens galeux. S'ils avaient réellement été nos alliés, ils nous auraient aidés !

Son regard se troubla. Il constitua un petit tas de poudre blanche et sniffa à nouveau.

– Et les petits ? Tu y penses à ces pauvres petits dans leur cage ? La fille, elle doit être tellement effrayée !

Disant cela, El Camino n'éprouvait évidemment aucune empathie. Comme tous les serial killers, il en était émotionnellement incapable. Non, c'était une excitation sans borne qui l'animait. Et pour la première fois de sa vie, Stanford en eut des frissons qui lui parcoururent la nuque.

– Je peux essayer de les contacter, moi, si tu veux, insista-t-elle d'une voix qui se voulait tendre.

– Oui, fais donc ça ! Toi, les compromissions avec des *hijos de puta*, ça ne te dérange pas. Entre *putas*, on s'entend toujours, hein ?

Stanford se leva. Elle comprenait que la colère n'aurait aucune influence sur son amant, qu'elle devait prendre les choses en main. Elle s'efforça de rester calme, froide, clinique même. Un peu plus tard dans la soirée, lorsque les environs de la ferme seraient à nouveau sûrs, ils iraient régler le compte de la petite aveugle. Ensuite, elle forcerait El Camino à reprendre le business. Avec un peu de diplomatie et de fermeté, elle savait que son amant pouvait convaincre ses *amis* du Sonora de son utilité.

El Camino alluma la télé à écran large et jeta la télécommande au sol.

– Ah ! Ah ! Ah ! rugit l'homme. Ce gros porc s'est suicidé. Tant mieux pour lui. Rien à foutre !

Stanford qui était sortie du salon, revint se placer debout, derrière le canapé.

Une chaîne française d'informations en continu titrait sur le suicide du député parisien Jean-Thierry de Brosque, ancien ministre et secrétaire d'État, président de l'association des Amis du Mexique. L'homme inculpé dans une affaire de détournement de fonds s'était pendu dans sa cellule de la maison d'arrêt de Fleury-Mérogis. Les journalistes dépêchés sur place rappelaient que le nom du député se retrouvait également au centre d'une enquête sur des réseaux pornographiques et pédophiles menée par la brigade de répression du proxénétisme.

– Tu vois ? Plus la peine de t'inquiéter : il n'achètera jamais ton film avec la petite aveugle.

– Rien à foutre de ce gros porc ! explosa El Camino. D'abord, ses amis suisses, le voudront, eux, ce film. Et puis, tu ne t'imagines pas combien peut valoir une telle œuvre d'art. Et puis, et puis…

– Et puis quoi encore, *amore* ?

– La petite doit être tellement effrayée…

Il avait employé un ton presque grotesque, sa voix avait chevroté et un sourire béat éclairait sa face suante. Alicia Stanford comprit que cette gamine devait rapidement disparaître avant que son amant ne perde définitivement la raison.

Elle déposa tout de même un baiser sur son front.

– Je vais faire quelques courses, dit-elle en prenant son sac dans lequel elle glissa son pistolet Beretta 92.

Puis elle s'installa au volant de sa Mercedes ML.

27

Alicia Stanford prit la direction de la ferme en réfléchissant à l'avenir. Les gens du Sonora qui s'étaient mis en affaires avec des dealers des quartiers nord de Marseille pouvaient-ils être des interlocuteurs pertinents ? Elle avait entendu dire qu'eux aussi avaient eu maille à partir avec les jeunes fous qui avaient volé sa place à El Camino. Ils avaient perdu des hommes, froidement exécutés, mais avaient eux accepté de payer un tribut aux intrus pour ne pas s'engager dans une guerre sans merci au Mexique. Alors, on pouvait estimer qu'ils admettraient de travailler avec leur ancien allié. Tout le monde y trouverait son compte, se convainquit-elle.

Le gyrophare deux tons et la sirène qui l'accompagnait la sortirent brusquement de ses pensées.

Elle venait de croiser une voiture de police.

Dans son rétroviseur, elle vit que le véhicule faisait déjà demi-tour dans la rue, juste devant le lycée Maurice-Rondeau. Sans doute les flics du coin disposait-il de la description de son véhicule. Comment n'y avait-elle pas pensé ? Elle accéléra. La Mercedes donna sa pleine puissance et distança un moment la Scénic poussive.

Elle remonta le boulevard de Lagny, sortit de la ville et, dans un mouvement réflexe, s'engagea sur l'autoroute A4 en direction de l'est. Si elle avait pris l'autre entrée, vers Paris, les forces de l'ordre auraient bloqué les sorties en quelques minutes. En direction de l'est, elle avait peut-être une chance.

Cependant, les flics connaissaient leur boulot : déjà, ils regagnaient du terrain sur l'autoroute. La circulation était quasiment inexistante en cette heure du milieu de l'après-midi. Stanford laissa passer la première sortie en accélérant encore : 190 km/h ! Mais les flics avaient réussi à lui coller au train, les fumiers ! Elle saisit son pistolet dans son sac à main et fit glisser la vitre de sa portière. L'air glacé lui saisit le visage.

La Mercedes dépassa la sortie suivante, non loin de Serris.

Puis, elle décéléra doucement, parvenant à faire croire à ses poursuivants qu'elle ne supportait pas la pression d'une telle course-poursuite. Et, à la sortie Euro-Disneyland, elle rétrograda violemment en troisième, sans appuyer sur la pédale de frein : le moteur hurla, la voiture dévia de sa trajectoire. Quelques mètres derrière, le flic qui conduisait, trompé par l'absence de lumière sur les phares arrière, ne put que donner un coup de volant pour éviter de s'encastrer dans le coffre du SUV. La Scénic dépassa la Mercedes et, par la fenêtre ouverte, Alicia Stanford tira six balles de 9 mm parabellum. Elle vit deux des fonctionnaires atteints en pleine tête et le conducteur touché à la poitrine. Le véhicule de police fit une embardée impressionnante et dans un crissement de pneus, percuta la glissière de sécurité au milieu de la voie. Le choc fut terrible.

Stanford parvint in extremis à sortir de l'autoroute et disparut dans les petites routes boueuses qui parfois longeaient les grandes avenues modernes à deux fois trois voies, autour du parc d'attractions. Elle conduisait comme dans un rêve, certaine de disposer de moins d'une vingtaine de minutes avant que les routes des environs soient hérissées de barrages de flics. Aux États-Unis, elle n'aurait eu aucune chance. Dans des conditions identiques, en quelques minutes, des hélicoptères de toutes les télés locales décollaient et faisaient, d'une certaine manière, le boulot des flics en repérant les fugitifs. Elle croyait savoir que cette étrange collaboration entre forces de l'ordre et médias n'étaient pas encore de mise en France. Dès lors, son objectif était précisément défini : elle devait atteindre la maison du golf de Bussy-Saint-Georges, rentrer la voiture dans le garage et s'enfermer à double tour. Alors, El Camino et elle pourraient échafauder un plan pour se sortir de ce mauvais pas.

L'étau se resserrait, elle en avait conscience. Elle accéléra encore.

28

La voie de gauche de l'autoroute de l'Est, à la hauteur de la sortie Euro-Disney avait été neutralisée.

Des véhicules de pompiers et des voitures de flics étaient stationnés non loin de la carcasse de la Scénic. Le bilan était lourd : trois flics tués, un quatrième grièvement blessé. Ça allait faire la une des journaux pendant plusieurs jours. Le pouvoir politique allait demander des résultats, des coupables, sinon quelques têtes allaient tomber pour incompétence. Le coup classique : des hauts fonctionnaires fusibles remettraient leur démission pour ne pas que les vrais responsables du manque de moyens en hommes, en formation et en compétence légale des forces de l'ordre, n'aient à répondre de la réduction générale des crédits.

Présents sur place, Shrapnel, Feuerbach, Torpe, Kennedy et Valbuena se foutaient bien des retombées politiques de ce carnage. Trempés par la pluie froide, une colère leur nouait les tripes. Mais ils ne pouvaient pourtant s'empêcher de ressentir une excitation un peu malvenue face aux preuves du drame qui s'était joué sur l'A4. Une excitation engendrée par la certitude qu'El Camino et sa maîtresse étaient désormais aux abois.

Les rares automobilistes qui avaient assisté à la fusillade parlèrent d'une véritable mise à mort. Une femme blonde, au volant d'une grosse Mercedes, avait ouvert le feu, froidement, sur les flics et s'était enfuie. Si les femmes se mettent à tirer dans la rue, où c'est qu'on va, hein ? fit remarquer l'un des témoins, un bon père de famille au chômage.

– C'est Stanford, n'est-ce pas ? fit Torpe.

– Bien évidemment. Elle et son taré ne sont pas loin, dit Shrapnel en fixant la voiture accidentée.

– Ils peuvent être loin maintenant, rectifia Torpe. En une heure, on peut en parcourir des miles.

Shrapnel se retourna vers la campagne environnante. Il secoua légèrement la tête de droite à gauche :

– Non. Lorsque ces pauvres gars se sont fait flinguer, l'alerte a tout de suite été donnée. Les routes principales et secondaires ont été bloquées vingt minutes après dans un rayon de quinze kilomètres. Pas toutes, peut-être, mais les principaux axes. Il y a très peu de chances pour que Stanford ait pu continuer à rouler longtemps

Il sembla perdu dans ses pensées quelques secondes :

– Très peu de chances, c'est vrai, concéda l'agent Torpe. Mais c'est quand même au moins une chance. Enfin, on ne peut faire que ça, miser sur la chance…

– Et deux hélicoptères de la gendarmerie ont survolé le périmètre dans le quart d'heure qui a suivi, ajouta Feuerbach.

– Donc, Stanford, si c'est d'elle qu'il s'agit, n'a pas pu rouler plus d'un quart d'heure, dit Kennedy.

– C'est notre hypothèse, oui, agent Kennedy.

Shrapnel abandonna ses collègues et se dirigea vers les gradés de la gendarmerie et de la police. Le préfet était aussi présent. Le commandant de la BRP demanda à ce que tous les effectifs disponibles patrouillent avec la description de la voiture, la Mercedes ML, celle d'Alicia Stanford et d'El Camino.

– On va employer la bonne vieille méthode, confia-t-il aux huiles. Le terrain, le terrain et encore le terrain.

Et c'est ce qui fut fait.

Le maillage du territoire s'étendant du nord au sud entre Thorigny-sur-Marne et Ozoir-la-Ferrière, et de l'est à l'ouest entre Lognes et Coulommiers fut millimétré. Les forces de l'ordre étaient motivées : leurs frères d'armes avaient été abattus comme des chiens ! La région semblait sous le coup d'un état de siège. Des flics, des gendarmes patrouillaient. Et puis, évidemment la cohorte des journalistes arrivés de Paris, des curieux et des amateurs de sensations fortes, rodaient aussi dans leur sillage.

Des alertes enlèvements, dites « *Alertes Ambert* », étaient régulièrement lancées à la radio, à la télé mais aussi sur les réseaux sociaux. Cette dernière option, grâce à sa *viralité* comme disaient les spécialistes du multimédia, étaient celle sur laquelle les autorités comptaient le plus. Devant le scepticisme de Shrapnel quant à la collaboration d'internautes qu'il estimait incapables de ressentir plus d'empathie que le serial killer qu'il pourchassait, le commissaire Dechartres avait répondu :

– Internet a permis à El Camino de commettre son commerce criminel, peut-être Internet nous permettra-t-il de mettre un terme au calvaire de cette enfant. Et des autres, s'il y en a d'autres…

Tout était possible. Peut-être.

Alors, même Shrapnel et ses hommes s'y collèrent. Kennedy et Shrapnel dans une voiture, Feuerbach et Torpe dans une autre : pourquoi changer des équipes qui gagnent ? ironisa le commandant de la BRP. Ils roulaient un peu au hasard, s'arrêtant lorsqu'ils croisaient une Mercedes (même si le modèle ne correspondait pas à l'avis de recherche) garée devant une maison ou sur le parking d'un supermarché, interrogeant ici un commerçant, là un adolescent acnéique, qui n'avaient jamais rien vu. Parfois, ils captaient sur leur radio des messages envoyés par une patrouille susceptible de détenir une piste. L'attente durait parfois un quart d'heure ou vingt minutes mais toujours, la piste tournait court.

Et le ciel, d'un gris plombé, vomissait un crachin poisseux.

Évidemment, on était loin de la flamboyance avec laquelle les héros des séries télévisées et des thrillers à succès menaient leurs enquêtes. Mais les flics lancés sur la piste des amants diaboliques savaient que c'était comme ça que, dans la réalité, on avait le plus de chance d'arriver à ses fins.

– Vous devez trouver ça… comment dites-vous ? *Boring*, n'est-ce pas ? fit Shrapnel en remontant les berges de la Marne, non loin de Chalifert.

– Vous croyez que le FBI emploie des super-héros qui se servent de leurs super-pouvoirs pour débusquer les criminels, commandant ?

Shrapnel haussa les épaules.

– Parce que nous aussi, le plus souvent, on fait confiance à notre instinct. Et parfois à la chance.

Ils roulèrent quelques kilomètres en silence. La nuit était tombée, les rues commençaient à se vider. Les fenêtres allumées sur les façades des immeubles sonnaient le glas de cette journée froide. Peut-être les familles s'étaient-elles réunies autour du repas, à l'abri, heureuses, loin d'imaginer que des enfants puissent être violés et assassinés devant une caméra pour le plaisir de vieux monsieurs riches.

– Vous croyez que la petite aveugle est encore en vie ?

– Vous parliez de chance, agent spécial. Je crois que notre chance en ce moment, c'est qu'El Camino et Stanford doivent être terrés quelque part. Si la petite ne se trouve pas avec eux, nous avons une chance de la retrouver vivante.

– Et si elle est avec eux ?

– Elle est morte.

Le Français stoppa sa voiture et sortit son portable qui venait de vibrer. C'était le commissaire Dechartres : les recherches étaient suspendues jusqu'au lendemain matin, six heures.

– Je vous aurais bien invité à prendre un verre, mais demain risque d'être une journée particulièrement difficile.

Kennedy songea un instant qu'elle ne pourrait pas dormir en sachant qu'une gamine, aveugle, risquait d'un instant à l'autre d'être taillée en pièces par ses bourreaux. Alors un verre ou deux, ou douze, avec le flic français, pourquoi pas ? Elle jeta un coup d'œil vers le conducteur et comprit que celui-ci avait parlé sans y penser. Son visage affichait un masque soucieux, lui aussi ne pouvait songer à autre chose qu'à la pauvre gosse.

Elle ne répondit pas.

Shrapnel n'y prêta même pas attention.

29

L'homme devait avoir un peu plus de trente ans. Il s'appelait Rafik Chekouri. Ses parents étaient arrivés en France au début de la guerre civile qui ravagea le Liban, en 1974. Lui avait toujours vécu dans ces quartiers. Il y avait grandi, il y avait gagné sa vie, il en était devenu l'un des caïds. Son business, c'étaient la drogue, les flingues et quelques putes. Pendant quinze ans, les gamins l'avaient salué lorsqu'il passait près des immeubles au volant de son cabriolet. On le surnommait *Chek*. Une semaine plus tôt, les minots se battaient encore pour surveiller sa BMW Z4 rouge quant il montait culbuter l'une de ses maîtresses dans une tour du quartier. Des maîtresses, il en avait autant qu'il voulait : ici le fric, ça paie les belles caisses, la notoriété et les jolies gonzesses, disait-il.

Mais, un mois auparavant, les Mexicains avaient débarqué. Les caïds des cités des quartiers nord de Marseille qui s'étaient alliés pour l'occasion, avaient cru pouvoir traiter d'égal à égal avec eux. Mais dès les premiers jours, les narcos du Sonora avaient pris en main les affaires. Ils se foutaient complètement de l'avis ou des conseils des locaux. Ils s'étaient installés dans une belle villa loin des quartiers mais avaient demandé un appartement au dernier étage d'un immeuble, dans la cité. Chekouri avait alors pensé que ce n'était pas une bonne chose d'héberger des loups dans le poulailler.

– Vous recevrez 15 % des bénéfices mais vous fermez vos gueules, précisa rapidement l'un des *capos* aux caïds marseillais.

L'un de ceux-là n'accepta pas de fermer sa gueule.

– Et comment va-t-on être sûrs que nos 15 %, représentent bien 15 % de votre business si on ne peut pas y jeter un coup d'œil ?

– La confiance, *hombre*, la confiance, tu as une idée de ce que cela signifie pour nous ?

– Moi, la seule confiance que j'ai, c'est dans mon flingue.

Et le caïd dégaina un Walther PPK sous la gorge du Mexicain.

– *Pezzo di merda*! s'exclama le Marseillais qui devait confondre l'italien et l'espagnol.

On le retrouva décapité dans le local à poubelle d'une tour. Selon les gosses du quartier, il s'était sans doute fait étrangler par un *bolito*.

– Qu'est-ce que c'est que ce truc, le *bolito* ? demanda quelques jours plus tard Chekouri à deux gosses qui admirait la calandre rutilante de son roadster.

Les gamins se marrèrent.

– C'est une sorte de nœud coulant actionné par un petit moteur, expliqua l'un d'eux en imitant un bruit mécanique.

Il s'auto-étrangla des deux mains en tirant la langue.

– Ouais, carrément, continua l'autre : on le met autour du cou d'un mec et il peut plus l'enlever. Le moteur se met en route, le truc se sert autour du cou. Le fil est en acier, hein ! Alors, le truc, il sert tellement que les artères, là (il montra ses deux carotides), elles cèdent et tu pisses tout ton sang avant de claquer.

Le premier reprit la parole, d'un air sérieux :

– Le moteur a une puissance de malade et le fil en acier, eh ben, il finit par te décapiter. Pffff...

Chekouri monta dans sa BMW en rigolant : une légende urbaine, une autre !

Mais ce soir, il courait comme un dératé sans savoir où se réfugier. Cette cité sur laquelle il avait régné si longtemps n'était plus la sienne. C'était celle des Mexicains qui le pourchassaient.

Les types avaient débarqué chez lui, tard dans la soirée.

– Faut qu'on te parle, avait dit l'un d'eux.

Il en descendit trois. Un sur le pas de sa porte, les deux autres dans les escaliers au moment de s'enfuir.

Des habitants de la cité avaient crié mais personne n'avait ouvert sa porte. À quoi bon ? Risquer de recevoir une balle perdue ? Et puis, personne n'avait prévenu les flics non plus. Les flics ne venaient jamais dans la cité : ils la qualifiaient de zone de « non-droit » et estimaient que c'était aux politiques d'agir.

Le barillet de son revolver était vide. Alors Chek fuyait. Il fuyait mais savait que les jeux étaient faits : tôt ou tard, les narcos allaient l'attraper et l'exécuter.

Tout ça parce qu'il avait refusé de se mettre au service du business mexicain. Mais lui s'en foutait que les Mexicains fassent leurs affaires à Marseille. La croissance dans le trafic, Chekouri n'y avait jamais cru. Il voulait simplement maintenir son train de vie et se la couler peinard. Aucune envie de jouer les nouveaux Tony Montana. Montana avait fini le nez dans la coco et une balle dans la cafetière, ça, Chek ne l'avait pas oublié. Sauf que les Mexicains édictèrent les règles : vous êtes avec nous ou contre nous.

Deux jours auparavant, les journaux révélèrent l'arrestation au Mexique de Carlos Gusman, dit *El Chapo*. Dix jours plus tôt, les flics mexicains avaient déjà arrêté son principal lieutenant Ismaël *El Mayo* Zambada et son « *chef de la sécurité* » Jesus Peña Gonzalez. On disait que le Mexique avait mis 2,3 millions d'euros sur la tête du Chapo et que les *States* en offraient 3,6 millions. De telles primes forçaient le respect. Sûr que le Chapo s'était fait balancer. Mais ça voulait dire aussi que les narcos du Sinaloa étaient mal barrés. Très mal barrés. L'occasion de se la jouer indépendant pour Chekouri.

Sauf que, comme Chek n'était pas allé longtemps à l'école, la géographie n'avait jamais été son fort. Il avait confondu l'organisation du Sinaloa et celle du Sonora. Et en profita pour faire savoir ouvertement aux Mexicains qu'il ne souhaitait pas s'impliquer davantage dans la nouvelle organisation des quartiers nord de Marseille. Chek est un homme libre, avait-il crânement affirmé pendant vingt-quatre heures.

Quel con je fais ! se répétait-il depuis.

Parce que les narcos du Sonora qui tenaient désormais le business à Marseille se foutaient de l'arrestation du Chapo. Et n'avaient pas du tout apprécié les rodomontades du Marseillais : *avec nous ou contre nous*.

Quel con je fais, songea Chekouri en se faufilant dans l'obscurité d'un escalier. Peut-être aurait-il pu travailler avec les Mexicains, sans en faire trop, et s'en sortir à bon compte quand même. Sa fierté l'avait toujours poussé à faire des conneries. Jamais il n'avait réfléchi avant de la laisser s'exprimer : c'était pour ça que les gamins du quartier l'aimaient bien et le trouvaient flamboyant. C'était aussi pour ça qu'il n'était jamais devenu un grand caïd…

Il resta dans le noir de longues minutes en essayant de retrouver son souffle. Ses mains tremblaient, sa nuque exhalait une sueur aigre, presque brûlante. La sueur de la peur.

Des hommes passèrent en courant non loin de lui. Ça gueulait en espagnol. En français aussi mais les mots français étaient des supplications.

Un coup de feu claqua, une silhouette s'écroula.

Chekouri passa la tête à l'extérieur. Putain de ta mère ! Slimane Ben Tobal venait de se faire descendre. Slimane, son second, son plus vieux copain, ils étaient à la maternelle ensemble… Chekouri sentit la rage prendre le dessus sur sa peur. Il lui fallait une arme et il se taillerait une sortie à coups de flingue. Puis, il se mettrait au vert loin de la cité. Avec quelques hommes, il était certain de revenir dans la cité et de venger Ben Tobal.

Des pas claquèrent sur le bitume. Il recula dans l'obscurité et retint sa respiration. Sur l'allée, devant l'immeuble, les deux gosses qui lui avaient parlé du *bolito* s'avancèrent. Ils s'arrêtèrent devant le corps de Ben Tobal et l'observèrent sans un mot. Ils en avaient déjà vu des morts mais celui-là avait reçu une balle de gros calibre dans la bouche. Les tueurs l'avaient obligé à croquer le canon de l'arme qui lui avait fait sauter le crâne. Un résultat impressionnant.

– Hé, les minots ! lança le fugitif.

Les deux gamins se retournèrent.

– Approchez !

Pas très rassurés, ils s'avancèrent vers l'escalier plongé dans l'obscurité. Puis ils reconnurent le caïd et se détendirent, retrouvant leur attitude de branleurs des quartiers nord.

– Il me faut un flingue. Dans ma BM, sous le tapis de sol, dans le coffre, il y a un automatique. Vous me le ramenez discretos et je vous file 2 000 euros chacun.

Les gosses ricanèrent. Comme s'il n'y avait pas des sicaires armés qui fouillaient la cité. Comme s'il n'y avait pas de cadavre, le crâne explosé, à quelques mètres d'eux. Comme si Rafik Chekouri n'était plus Rafik Chekouri.

– Qu'est-ce qui nous dit que tu vas nous filer l'argent un fois qu'on t'aura rapporté ton gun ? demanda l'un des ados, l'air bravache.

Chekouri n'essaya pas de parlementer, ni même de tester son reste d'autorité. Il sortit son portefeuille et tendit une liasse de billets.

– Tiens, il y a 5 000 euros. Maintenant, allez me chercher mon flingue et vite !

– Bouge pas, Chek, on revient !

– Hé, les gars, fit-il en leur lançant le porte-clés électronique de sa voiture, vous comptez fracturer ma Z4 ou quoi ?

– Ah ouais, bien sûr, Chek, approuva le plus vieux en réceptionnant le porte-clés au vol.

Tout foutait le camp, sourit étrangement Chekouri : ces gosses seraient pires que lui ou que Ben Tobal, aucun sens du respect. Ils ne pensaient qu'au fric, ils n'avaient peur de rien. Eux n'avaient pas eu la patience de voir la fin du film : ils croyaient que Tony Montana était toujours *Scarface*, le roi du business.

L'attente dans l'ombre parut durer des heures. Combien de ses collègues s'étaient fait prendre ? Et combien l'avaient trahi ? Cette dernière question le secoua parce que, évidemment, il avait été balancé. La preuve : personne ne venait à son secours. Ben Tobal était seul lors de son exécution. Mais cinq minutes s'étaient seulement écoulées lorsque les deux gosses apparurent dans la faible lumière d'un lampadaire.

– Rafik, c'est nous. Tu peux sortir !

Rafik ? On l'appelle Chek dans la cité. Tous les minots l'appellent Chek. Chekouri quitta sa cachette sous les escaliers, un peu inquiet. Il sortit lentement la tête de la cage d'escalier.

Quatre flingues de gros calibre étaient pointés sur son visage.

Les gosses se marraient toujours :

– C'est Rafik Chekouri, il se cachait comme une mousmée, le *Chek* ! ironisa l'un d'eux.

Bande de petits salauds... L'ex-caïd de la cité ferma les yeux et serra les dents :

– Pitié, ne me tuez pas !

C'était seulement l'histoire d'une seconde, la mort.

Un des chefs des narcos de Sonora le saisit alors par le col de sa veste Hugo Boss et approcha sa sale gueule de la sienne :

– Ne chie pas tout de suite dans ton froc, *hijo de putana* ! On a des grands projets pour toi…

Les Mexicains hurlèrent de rire.

Les gosses aussi.

30

Dans la cage, les deux garçons blottis l'un contre l'autre, derrière elle, ne bougeaient presque plus. De temps en temps, l'un d'eux lâchait un sanglot ou un petit gémissement. Une odeur d'urine emplissait l'atmosphère. Comme elle, ils étaient bâillonnés, mains et pieds liés par un chatterton trop serré. La jeune fille tentait d'écouter le moindre bruit issu de l'extérieur. Seul le temps s'écoulait. Elle ne savait plus si c'était le jour ou la nuit ni depuis combien d'heures, de jours, elle se trouvait là, prisonnière de ces gens qui avaient massacré les deux jeunes filles.

Juste avant que la femme et l'homme les abandonnent, elle avait entendu les deux garçons : deux miaulements avaient traversé leur bâillon. Ils étaient fous de terreur. Depuis, elle tentait de se persuader que sa disparition avait été découverte au centre des jeunes aveugles de Jablines-Annet. Les policiers de toute la région devaient être à sa recherche. Et ses parents remuaient ciel et terre à présent, c'était certain ! Il fallait garder confiance en ces adultes qui la protégeaient.

À un moment – mais elle ne savait plus si c'était il y

a une heure ou la veille – elle avait entendu le bruit d'un moteur de voiture, ou de plusieurs voitures, à l'extérieur. Puis des voix. Leurs geôliers revenaient-ils ? Cette fois, c'étaient elle et les deux garçons qui allaient être rudoyés, violés même, et, elle en était désormais persuadée, assassinés à coups de couteau ensuite. Et puis, elle avait vaguement distingué des rires aussi. La jeune aveugle les percevait mieux que ses deux compagnons d'infortune, la cécité provoquant parfois une ouïe plus performante que celle des voyants. Plus loin, des coups de feu avaient bientôt été tirés. Des coups de fusil de chasse, peut-être. Sans doute des chasseurs, avait compris l'adolescente.

Elle avait bien tenté de frapper le sol de la cage, de se jeter contre les barreaux, de hurler derrière son bâillon mais ça n'avait rien donné : la cage n'avait pas bougé d'un pouce et les discussions et les rires étaient trop éloignés pour que ses gémissements étouffés attirent l'attention de ces gens.

Puis au bout d'un moment – mais elle avait eu l'impression de s'endormir entre temps – les voix s'était tues. Les véhicules avaient redémarré et le silence avait repris possession du monde qui l'entourait.

La soif commença à se faire sentir.

La faim, passait encore. Mais la soif, c'était presque insoutenable. De temps en temps, elle posait sa joue contre l'acier froid des barreaux. La première seconde, l'illusion fonctionnait mais rien n'y faisait : sa bouche était desséchée. La soif la tourmentait peut-être davantage que l'indicible terreur éprouvée quand l'homme et la femme s'en étaient pris aux deux jeunes filles. Elle se souvenait du plaisir qu'elle ressentait à boire un grand verre d'eau, la nuit, lorsqu'elle se réveillait en sursaut d'un mauvais cauchemar. Le liquide qui coulait produisait même un léger son qu'elle *entendait* par la gorge.

Combien de temps pouvait-on tenir sans boire ? La question ne trouvait pas de réponse absolue dans sa tête de trop jeune collégienne. Elle se souvenait seulement d'avoir lu quelque part que l'homme survivait selon une règle de trois : trente jours sans manger, trois jours sans boire et trois minutes sans respirer. Elle croyait également se rappeler qu'un docteur expliquait que mourir de soif, ça commençait d'abord par de violents maux de tête, des crampes terribles ensuite, et enfin des troubles de la conscience qui entraînaient finalement un coma. Elle espérait désormais une seule chose : ne pas souffrir. Peut-être s'endormir et que cet enfer prenne fin.

Au bout d'un temps impossible à définir, elle se rendit compte que les garçons étaient complètement silencieux. Elle s'approcha d'eux en rampant et poussa la masse obscure de leurs corps d'un coup d'épaule. Aucune réponse. Elle poussa plusieurs fois avec sa tête une hanche et un avant-bras. Aucun signe de vie.

Ils s'étaient endormis profondément, pensa la jeune fille, tant mieux pour eux. Ces quelques mouvements l'avaient épuisée. Elle eut l'impression que sa gorge et sa langue étaient en bois. Sans salive, chaque respiration devenait une lutte.

Elle réussit cependant à reprendre sa place face aux barreaux de la cage.

Et elle fixa un point imaginaire dans le noir absolu de son avenir.

31

Bien sûr Malko Linge lui, avait mené sa chasse à l'homme au Pérou. C'était un des épisodes préférés de Shrapnel, le n° 79. Le Pérou, c'était évidemment plus exotique que la Seine-et-Marne. Mais le commandant de la BRP aimait penser à Son Altesse Sérénissime lorsqu'il savait que la journée qui l'attendait serait décisive. Chacun ses gimmicks rassurants…

Et décisive, la journée allait l'être – Shrapnel l'avait senti au plus profond de son ventre. Cruelle aussi, d'une manière ou d'une autre : soit il retrouvait la jeune aveugle vivante, soit El Camino et sa maîtresse allaient payer l'addition. Salée.

Un pâle soleil d'hiver pointait à l'horizon. La température avoisinait le zéro mais au moins il n'y aurait pas de pluie ce jour-là. Cette pluie qui mouillait jusqu'au os depuis que lui et ses collègues s'étaient lancés dans cette poursuite impitoyable.

En sortant de chez lui, il ressentit aussitôt l'excitation du chasseur. Mais celui qui n'a qu'une cartouche et affronte une bête extraordinaire.

Deux voitures l'attendaient dans la rue : dans la première se trouvaient Torpe et Feuerbach. À voir leurs mines chiffonnées, Shrapnel comprit que sa subordonnée et l'agent spécial avaient remis ça. Sacré Américain, se dit le flic.

Il se pencha sur la portière et adressa un sourire idiot à Feuerbach.

– On ne change pas une équipe qui gagne, grinça-t-il.

– Tu es un adepte du *running gag*, Julien, tout le monde le sait, répliqua le lieutenant en employant le même ton cynique. Pas besoin de nous faire le coup à chaque fois.

– *What's new*, agent Torpe ?

L'Américain n'avait pas l'air enclin à la rigolade :

– Peut-être que ça peut vous intéresser : la DEA a averti le FBI que des narcos de Sonora se sont emplantés chez vous, en France. Marseille, apparemment. Et El Camino a été en affaire avec des types du Sonora, il y a quelques années de cela.

– Ça pourrait être là que Cárdenas va essayer de se planquer ? demanda Feuerbach.

– Possible, possible… En attendant, on retourne en Seine-et-Marne.

Il jeta un œil à sa montre.

– Il est bientôt six heures, les recherches vont reprendre là-bas. On s'y met sérieusement. Je ne veux pas qu'El Camino se tire à Marseille. *No way* !

Il rejoignit la vieille CX break dans laquelle l'attendaient Kennedy et Valbuena, assis sur la banquette arrière.

– Prenez le volant, Stacy ! dit-il en ouvrant la portière passager.

La jeune femme enjamba le levier de vitesse et Shrapnel prit sa place.

– Ce n'est pas une automatique ? s'étonna-t-elle en se glissant derrière le volant.

– Une automatique ? Vous me prenez pour Magnum ou quoi ?

Elle démarra et cala brutalement en passant la première.

– Hé ! Ho ! Doucement, c'est une voiture payée par le contribuable français.

Il montra d'un geste vague le véhicule conduit par Torpe qui s'éloignait devant eux dans la rue.

– Votre chef, lui, il maîtrise parfaitement la technologie automobile européenne. Celle qui roule au diesel et à la boîte de vitesse, celle qui pollue la planète et coûte des ronds au contribuable. Remarquez, vos grosses bagnoles américaines ne sont pas franchement plus écologiques…

Kennedy redémarra. Cette fois, elle fit crisser les pneus et s'élança.

– Voilà qui est beaucoup mieux.

Shrapnel rechercha un numéro parmi les contacts de son smartphone.

– Salut Samuel, déclara-t-il en s'appuyant contre l'accoudoir de la portière.

Il regarda sa montre :

– Ouais, six heures. Et alors ? À la BRI de Marseille, vous faites des grasses mat' ?

Silence.

– C'est ça, allume-toi une cigarette et fais-toi chauffer un caoua ! Mais il faut que tu m'aides sur un coup. C'est important, vraiment !

Silence.

– Les Mexicains qui sont arrivés dans les quartiers nord. Tu peux m'en dire deux mots ?

Silence. Mais, cette fois, beaucoup plus long. Shrapnel hochait de temps en temps de la tête.

– Il se peut qu'un ex-narco de Ciudad Juarez en cheville avec les Mexicains qui ont débarqué chez toi, essaye de rappliquer. On le piste pour une affaire de pédophilie. Ce mec s'amuse à violer des gosses et à les décapiter devant une caméra.

Silence.

– Exactement, des *snuff movies* !

Silence.

– Non, c'est pas des conneries ! Le mec en question et sa nana sont des cinglés de première.

Silence.

– Du Sonora ? Je ne connais pas ce bled. Remarque, la semaine dernière, j'étais aux *States*, c'est pas si loin.

Silence.

– Du changement chez les narcos ? Intéressant ça…

Silence.

– Je te remercie, Samuel. On se rappelle.

– Vous croyez qu'El Camino va essayer de se cacher à Marseille ? interrogea Valbuena sans bouger du fond de son siège.

– C'est une possibilité envisageable…

Kennedy conduisait vite et bien. Torpe la suivait désormais à une centaine de mètres. Ils ne tardèrent pas à quitter Paris via la porte de Bercy.

– Magnum… C'est Thomas Magnum dont vous parliez tout à l'heure ? sourit-elle sans quitter la route des yeux. Le moustachu des années quatre-vingt, le type aux chemises à fleurs interprété par Tom Selleck ? Désolée, commandant, j'étais encore au jardin d'enfants quand cette série s'est terminée !

– Vous avez de la chance, jeune fille. Je crois que le seul intérêt de cette série était le comédien qui doublait Selleck en français. C'est dire si vous n'auriez pas été fan…

La chance.

Parlons-en de la chance.

Les flics expérimentés le savaient : souvent, on ne pouvait compter que sur elle pour faire avancer les affaires les plus pourries. L'enquête bouclée, on évoquait le professionnalisme et le dévouement des enquêteurs. Pas par arrogance mais simplement parce que si le grand public venait à comprendre l'importance du facteur chance dans le métier de flic, l'inquiétude et l'hystérie l'emporteraient. Mais c'était ainsi.

Lorsqu'ils sortirent de l'autoroute A4 à la hauteur de Bussy-Saint-Georges, le téléphone de Shrapnel vibra. Le commissaire Dechatres à l'appareil :

– Julien, la société qui gère les déchets ménagers sur la communauté de communes de Marne et Gondoire a appelé la gendarmerie de Lagny-sur-Marne.

– Les éboueurs voulaient vous vendre leur calendrier, madame ?

– Très drôle. Certains de ses employés ont remarqué quelque chose qui pourrait nous intéresser. Ce n'est peut-être qu'un cliché un peu xénophobe mais il se trouve qu'ils ramassent depuis quelque temps des emballages de produits mexicains. Type bouteilles de téquila, pack de bières et autres nourritures pimentées, vous voyez ?

– Je vois. Donnez-moi l'adresse !

– 13, rue du Golf à Bussy-Saint-Georges…

Elle s'arrêta net, comprenant qu'elle en avait trop dit.

– On est à Bussy, justement ! s'exclama Shrapnel.

– Julien, n'y allez pas seul, vous m'entendez : nous envoyons une équipe du Raid. Ils seront sur place dans une heure à peine…

Shrapnel souffla dans le micro de son smartphone.

– Qu'avez-vous dit, commissaire ? Ah ! La liaison est mauvaise, on dirait.

– Julien, cessez immédiatement vos conneries ! s'emporta Dechartres. C'est un ordre, n'y allez pas seul !

Shrapnel souffla de plus belle dans le téléphone. Kennedy souriait en le regardant outrepasser les ordres de sa hiérarchie : jamais un agent du FBI n'aurait osé se comporter ainsi. La police française était bien mal respectée par ses fonctionnaires. Et après, ceux-ci se plaignaient que les jeunes gens ne les respectent pas.

– Julien, c'est un ordre…

Shrapnel mit fin à la conversation.

Il tapota sur le clavier du téléphone :

– Lor ! cria-t-il dans le combiné. On a logé El Camino : collez-nous au train ! On va se le faire…

Court silence.

– Lieutenant, je suis ton supérieur, je décide, tu obéis. On n'a pas le temps d'attendre les gusses du Raid.

Et il raccrocha.

– Logé ? demanda l'agent spécial avec une grimace perplexe.

– Oui, oui, logé : on sait où il se cache.

– Vous en êtes certain ?

– Oh que oui j'en suis certain. La chance, Stacy, la chance est de notre côté. Du côté de la justice. Ça n'arrive pas si souvent.

32

Impossible de savoir combien de temps elle avait pu dormir.

Sa bouche était de plomb, ses muscles gourds. Elle tourna la tête vers l'endroit où les deux garçons étaient blottis. Mue par une volonté surhumaine, elle se laissa tomber, rampa vers eux. Ces quelques mouvements épuisèrent toutes ses forces. Mais de la tête, elle parvint tout de même à pousser l'un des corps qu'elle ne pouvait même pas identifier. Elle eut un mouvement douloureux de recul : la peau qui touchait son front était glacée, plus froide encore que le fer des barreaux de la cage.

Ils étaient morts.

Et je vais mourir, songea-t-elle.

Elle roula alors sur le côté droit, dans le coin opposé de la cage. Pour mettre le plus de distance possible entre elle et ces deux corps sans vie.

S'endormir sans souffrance, s'il vous plaît.

Et soudain, là, sur le sol en ciment grossier, elle sentit un liquide sur sa joue. Trop de liquide pour que ça soit ses larmes. D'ailleurs, elle était trop déshydratée pour avoir pleuré. Non, une petite flaque d'eau jonchait le sol ! La condensation sur les murs avait-elle ruisselé ?

Oh ! Si elle pouvait repousser un peu le bâillon, passer sa langue râpeuse dans l'interstice, elle pourrait aspirer l'eau. C'était ça ou la mort. Cette évidence envahit l'esprit chancelant de la gamine. Ses toutes dernières forces, elle décida de les employer à frotter ce maudit bâillon contre le crépi douloureux du béton. Tâche surhumaine pour une gamine de quinze ans qui croupit sans eau, sans nourriture depuis trois jours dans une cage.

Mais le bâillon de scotch se déplaça. Sa joue émaciée par les privations était en sang, la chair était brûlée, mais le bâillon se déplaçait.

Oui, oui, elle y était presque.

Presque.

33

Shrapnel gara sa CX break au bout de la rue du Golf.

Il sortit sur la route comme un diable de sa boîte.

La voiture conduite par Torpe stoppa juste derrière, Feuerbach descendit.

– Julien, qu'est-ce que tu comptes faire ?

Le commandant du groupe Cabaret ouvrit le haillon arrière et enfila un gilet pare-balles en kevlar. Il en tendit un à Feuerbach et jeta les deux autres à Torpe et à Kennedy qui observaient les flics français.

– Vous n'êtes pas obligés de nous accompagner, leur dit-il.

Il sembla réfléchir quelques secondes :

– Mais je crois que vous savez vous y prendre au FBI avec des mecs comme El Camino.

Torpe enfila le battle-dress, Kennedy l'imita. Ils vérifièrent leurs armes, dans des mouvements réflexes et professionnels.

– Désolé, agent Valbuena, je n'ai pas d'autre Kevlar. Vous resterez en couverture, à l'extérieur. Si un de nos suspects essaye de se tirer, vous le neutralisez. *Usted ve aquel que quiero decir ?*

– *Si, si*, répondit Valbuena.

– Julien, ce type est un cinglé : tu peux être certain qu'il va nous recevoir comme... un cinglé, justement. Le Raid doit être en route. Si tu veux, on les empêche de sortir. Mais s'il te plaît, attendons le Raid !

Shrapnel semblait en proie à une inquiétude nerveuse inhabituelle. Il ouvrit une petite valise en plastique sombre qui se trouvait au fond de la malle arrière et saisit le pistolet-mitrailleur.

Feuerbach ouvrit de grands yeux.

– Qu'est-ce que tu fais avec ça, Julien ?

Shrapnel envoya l'arme à Torpe qui l'attrapa au vol.

– Heckler & Koch MP7A1, chargeur vingt coups. Vous savez vous en servir, agent Torpe ?

L'autre hocha la tête et chambra une balle.

– Je ne peux pas m'empêcher de penser à la gosse, confia-t-il à Feuerbach en lui adressant son regard le plus dur. Elle va mourir si on ne fait rien immédiatement...

– Je n'aime pas te voir comme ça, Julien.

– Moi non plus, je n'aime pas me voir comme ça, lieutenant. Mais on n'a pas d'autre choix.

Il fit un signe de tête aux Américains et se dirigea en trottinant vers la maison. Feuerbach retira sa veste et enfila à son tour le gilet pare-balles. Elle dégaina son Sig-Sauer et l'arma. Le Deuff aurait pu empêcher Julien de jouer au cow-boy, se dit-elle en suivant ses compagnons. Mais Le Deuff se trouvait entre la vie et la mort à La Salpêtrière et cette idée l'exaspérait. Au point de baisser la tête et de pointer son pistolet vers la maison où se terrait El Camino et sa compagne.

– Il me le faut vivant, murmura Shrapnel à l'intention de ses collègues.

Il fit signe à Torpe et à Kennedy de contourner la villa.

D'un regard, il s'assura que Feuerbach était sur le coup – elle l'était – et s'avança à pas feutrés jusqu'à la porte d'entrée.

Le ciel commençait à s'éclaircir mais c'était encore la nuit. Un bus passa dans la rue, il était presque vide, seuls trois employés somnolaient contre la vitre. Personne dans la rue, les volets des maisons voisines étaient encore baissés.

Shrapnel passa lentement un œil devant la fenêtre qui donnait sur le salon.

Un type, torse nu, gisait sur le canapé de cuir. Devant lui, des cadavres de bouteilles d'alcool et un minuscule monticule de poudre blanche.

– El Camino… murmura-t-il à Feuerbach.

De l'autre côté du salon, Shrapnel aperçut Torpe qui venait de voir, lui aussi, le Mexicain à travers la baie vitrée qui donnait sur le jardin. Les deux flics échangèrent un regard. Tout pouvait se dérouler tranquille.

Sauf que…

Sauf que si l'ancien narco se saoulait la gueule comme la dernière des cloches jusqu'à constituer une cible sans défense, Alicia Stanford, elle, restait constamment sur le qui-vive depuis qu'elle avait compris que son amant n'était plus fiable. Elle avait en quelque sorte pris les rênes de l'entreprise El Camino. Au premier étage, elle ne dormait que d'un œil, sur un lit à la hauteur de la fenêtre donnant sur la rue. L'arrivée des voitures de Shrapnel et de ses hommes – même s'ils avaient pris soin de se garer à deux cents mètres de la villa – l'avait réveillée. Elle avait suivi la progression des intrus et s'était préparée à l'assaut.

Elle attendait donc l'entrée des flics, derrière la porte, son Beretta 92 levé à hauteur d'homme.

Mais elle n'avait pas vu que Torpe, Kennedy et Valbuena avaient contourné la maison par le jardin. Et Torpe et Kennedy la prirent, eux aussi, en ligne de mire au travers de la baie vitrée.

Sauf que...

Sauf que le jeu était faussé depuis longtemps.

Et tout alla très vite. Trop vite.

Ainsi, lorsque Shrapnel, qui venait de forcer la serrure de la porte d'entrée, pénétra dans le corridor, Stanford fit feu à deux reprises au jugé. Les balles de 9 mm Parabellum passèrent à deux doigts de la tête du chef du groupe Cabaret et vinrent se ficher dans la poitrine de Lor Feuerbach. La jeune femme fut projetée plusieurs mètres en arrière. Alors, Shrapnel appuya une seule fois sur la détente et toucha au but : Stanford fut touchée en plein tête. Tuée sur le coup.

Si Stanford tira au jugé, c'est parce qu'elle fut déconcentrée par deux autres coups de feu, tirés depuis le jardin.

En effet, le jeu était faussé car Valbuena n'était pas seulement un agent spécial du FBI.

Il renseignait, depuis sa fuite aux États-Unis, le couple diabolique.

El Camino lui versait tous les mois 20 000 dollars sur le compte d'une banque genevoise, rétribution de ses bons et loyaux services.

Alors, comme Torpe et Kennedy prenaient pour cible Alicia Stanford, Valbuena recula et visa ses deux collègues. Il fit feu en même temps que Stanford. Finalement, croyant la protéger, il avait empêché sa complice de toucher au but. Elle en était morte.

Valbuena, lui, toucha à deux reprises Sam Torpe dans le dos. Mais il fut gêné par la chute de son corps sur Kennedy. Celle-ci vida le chargeur de son Glock à l'aveugle, dans un mouvement conditionné parfait. Trois balles pénétrèrent la cage thoracique de Valbuena qui n'était pas protégé par un gilet pare-balles. L'une des balles traversa le cœur de part en part, mettant un terme définitif à l'existence du traître.

El Camino se dressa au milieu du salon, encore bourré et défoncé, ne comprenant rien de ce qui venait de se passer.

– *No soy el Diablo ! No soy el Diablo !* hurlait-il, proche de la démence.

Shrapnel bondit par-dessus le corps de Stanford et asséna un coup de la crosse de son Sig-Sauer d'une violence rare sur la nuque du Mexicain.

Alors, il fit face au désastre.

34

– Vous avez des pertes, commandant ? hurla Kennedy qui secourait son chef.

– Le lieutenant Feuerbach est touchée ! répondit-il en bondissant vers l'entrée de la maison.

Mais Lor Feuerbach, une main sur la poitrine, l'autre serrant son semi-automatique, se tenait appuyée dans l'encadrement de la porte. Quelques larmes avaient tracé de fines marques sur ses joues maquillées de boue.

– Putain de kevlar… gémit-elle.

Quand Shrapnel s'approcha d'elle, la jeune flic se dit qu'elle n'avait jamais vu autant de tendresse dans les yeux de son supérieur. Il inspecta le gilet pare-balles : il avait tenu bon !

– Putain de kevlar, répéta-t-il en caressant la joue salie.

Puis il se précipita sur la terrasse.

Valbuena gisait dans son sang. Il avait reçu son compte.

– Dès l'aéroport à New York, je ne l'ai pas senti celui-là…

Le gilet pare-balles de Torpe avait aussi résisté à l'impact des balles. Mais une d'elles avait pénétré l'épaule, causant une profonde blessure. Kennedy fit tampon avec un chiffon trouvé dans la cuisine. L'hémorragie stoppée, l'état de l'agent spécial ne semblait pas critique.

Finalement, le désastre n'en était pas complètement un. Shrapnel reprit son souffle en souriant à Torpe :

– Je crois qu'on va devoir remettre à plus tard notre explication d'homme à homme, hein, agent spécial ?

Torpe eut une grimace douloureuse :

– Je n'ai pas besoin de mes deux bras pour vous mettre une déculottée, commandant...

Et puis, l'idée qu'une gamine aveugle agonisait quelque part percuta Shrapnel. Il se leva et retourna dans le salon : El Camino émergeait des limbes où l'avait envoyé croupir la crosse du Sig-Sauer.

– Où elle est ? hurla le flic en saisissant le Mexicain à la gorge.

Il serrait de ses deux mains comme si, en pressant sur la pomme d'Adam, il allait extirper des réponses à sa proie. Mais l'autre ne pouvait même plus respirer.

– Tu vas me dire où est cette pauvre gosse, sale fils de pute !

– *Si*, réussit à cracher El Camino.

Shrapnel le relâcha quelques secondes.

– *Si, si*, je vais te le dire mais seulement si tu me laisses partir.

Le flic lui envoya un puissant direct sur l'arcade sourcilière. Du sang gicla et les dents d'El Camino grincèrent.

– Je vais tellement te refaire la gueule que tu n'oseras plus jamais te reluquer dans un miroir.

– Peut-être mais la gosse, elle n'a rien bu, rien mangé depuis quatre jours…

Shrapnel retint son bras.

Les autres flics l'observaient : ils savaient que la violence était le seul moyen de faire parler le psychopathe.

Les renforts n'allaient plus tarder à arriver. Au loin, on pouvait entendre les sirènes qui annonçaient l'arrivée du Raid, des pompiers et de la foule des journalistes. Déjà, des curieux s'avançaient devant la maison, certains tentaient de comprendre la situation.

Shrapnel souleva El Camino.

– Lor, tu restes en contact. On va te dire où se trouve la gosse et tu iras la chercher.

– Attends, attends, Julien ! tenta Feuerbach. Qu'est-ce que… Tu ne peux pas le laisser partir ! Ils vont te casser si tu fais ça. Volochenko ne laissera pas passer cette fois…

– Je t'ordonne d'attendre les gars du Raid et de veiller sur ton copain Torpe. Moi et Kennedy, on s'occupe de ce salopard.

Feuerbach s'avança vers son commandant, elle chancelait :

– Julien, merde, je t'en prie…, murmura-t-elle encore.

Mais elle n'y pouvait plus rien.

– Kennedy, avec moi ! gueula Shrapnel en sortant son prisonnier de la maison comme s'il s'agissait d'un pantin.

– *Hijo de puta* ! lança celui-ci.

Torpe, comprenant que son principal suspect était en train de se faire la malle, essaya de se lever.

– Commandant, vous n'avez pas le droit…

Mais la douleur brûlait tout son corps, c'était intolérable : il crut un instant que de la lave coulait depuis son épaule dans les muscles de son dos. Il retomba lourdement sur la terrasse en gémissant.

– Il faut l'empêcher de faire ça, Lor…

Feuerbach vint vers lui, résignée :

– Le con… dit-elle en rengainant son pistolet.

35

El Camino était couché sur la banquette arrière de la CX break de la préfecture de police de Paris. Menotté dans le dos, l'air hagard, il n'avait pas fière allure. Une lueur de peur scintillait même au fond de ses yeux noirs. Il avait le visage cramoisi, le visage du condamné avant l'échafaud.

Kennedy, assise à côté du conducteur, lui enfonçait le canon de son Glock dans la joue.

Shrapnel conduisait. Il conduisait vite, très vite. Il voulait rapidement sortir de Bussy-Saint-Georges et de ses environs. Ses collègues ne l'auraient pas laissé embarquer son prisonnier, il le savait.

– Maintenant, salopard, je vais te dire une chose : tu me dis où est la gamine et je te mets en sureté.

– Tu vas me foutre en prison, oui ! Tu me prends pour un *gringo* pour croire en tes conneries ?

Kennedy lui abattit le canon de son arme sur le coin de la tronche. Il hurla.

– *Chinga tu puta madre* ! lâcha-t-il en se tortillant de douleur.

– Tu vas nous parler sinon je te remets à nos amis du FBI et ils s'arrangeront pour te coller dans une prison avec des adeptes du Ku Klux Klan, n'est-ce pas agent spécial ?

Kennedy enfonça à nouveau son canon dans la joue sanguinolente du prisonnier.

– Je connais quelques *suprématistes* à Rikers qui s'amuseront volontiers avec toi quand ils apprendront ce que tu as fait à des enfants blancs…

El Camino respirait fort, trop fort pour un type comme lui. Son monde d'argent, de violence et de mort s'était retourné contre lui.

Shrapnel fonçait sur la départementale 374 à la hauteur de Melun.

– Je te fais passer à Marseille, dans les quartiers nord, reprit Shrapnel. Tu as des copains là-bas, il paraît.

– Non, ce sont des mecs du Sonora, pas de chez moi.

– On m'a dit que vous étiez alliés pourtant.

– Qui me garantit que tu vas vraiment m'amener à Marseille ?

– Dans quelques kilomètres, je rejoins l'autoroute A6, dans six heures on peut être dans les quartiers nord. Je te donne ma parole.

Kennedy fronça imperceptiblement les sourcils : elle avait du mal à envisager que Shrapnel tienne sa promesse.

El Camino, lui, ne semblait pas complètement obtus : peut-être que ce flic tenait plus à retrouver l'aveugle que de le mettre en taule. Peut-être que ça lui permettrait de booster sa carrière, c'était envisageable. D'ailleurs, le Mexicain se dit qu'il n'avait pas vraiment d'autres cartes à jouer. Il tenta sa chance :

– Elle est dans une ferme juste à la sortie de Bussy-Saint-Georges, sur la route de Pontcarré-Villeneuve-Saint-Denis. Un lieu-dit qui s'appelle le Beffroi, je crois.

Shrapnel freina, vira violemment dans un chemin de terre creux entre deux haies d'arbres. Il sortit de la voiture.

Il appela immédiatement Feuerbach. Il vit que Dechartres et Volochenko l'avaient appelé chacun une dizaine de fois. Ça le fit sourire, tristement.

Il revint s'asseoir dans la voiture. Les vitres étaient embuées.

– Voilà : Feuerbach se rend sur place, dit-il en fixant le volant. L'agent Torpe est hors de danger, il est bon pour quelques semaines de repos, le fainéant.

– Qu'est-ce qu'on fait si la petite est..., murmura Kennedy.

El Camino tenta de se relever :

– Hé ! Pas de ça, flic : tu m'as dit que tu m'emmenais à Mars...

Kennedy lui colla un nouveau coup de pistolet sur le crâne.

– *Voy a matarte, puta*..., bredouilla-t-il en retenant ses larmes.

Shrapnel resta silencieux.

Et le silence sembla s'éterniser.

Au bout de quarante minutes, le téléphone vibra enfin.

Shrapnel sortit à nouveau de la voiture. Cette fois, il s'éloigna sur le chemin.

Il resta quelques secondes au téléphone et, après avoir raccroché, de longues minutes, le regard perdu au loin.

Kennedy et El Camino l'observaient.

Rien n'était plus normal.

Le flic revint s'asseoir derrière le volant :

– C'est bon, on l'a trouvée, déclara-t-il. Tout va bien.

– On fait quoi maintenant ?

– On fait ce qu'on a dit, grogna-t-il.

Et, d'un mouvement rapide, il retira le Glock de la main de Kennedy :

– Mais vous, vous descendez ici, agent spécial.

Kennedy le dévisagea sans pouvoir dire un mot. Il passa son bras au-dessus elle et ouvrit la portière :

– Descendez, ça vous évitera pas mal de problèmes !

La jeune femme n'essaya même pas de protester, elle quitta l'habitacle et se retrouva les pieds dans la boue, au milieu de nulle part.

La voiture démarra et fit une brusque marche arrière. Dans un crissement de pneus, elle remonta sur la départementale et s'éloigna rapidement.

– Elle est morte, elle est morte… répéta Stacy Kennedy, la gorge nouée.

36

Le flic s'arrêta à l'entrée de Marseille. Sur le bord de la petite route, il discuta avec un autre type – un flic lui aussi à n'en pas douter. Les deux hommes eurent un échange vif. Mais le flic de Paris remonta en voiture :

– On y va, se contenta-t-il de dire.

Et il rejoignit effectivement les quartiers Nord.

El Camino n'en revenait pas. Au pied d'un immeuble, il descendit de la vieille Citroën CX break et le flic démarra, sans un mot, sans un regard.

Alors, il s'approcha d'un des gamins qui l'observaient depuis les escaliers menant au hall d'entrée d'une grande barre HLM. Il affirma vouloir parler aux Mexicains, que c'était important, qu'il était El Camino. Le gosse eut un sourire narquois mais se leva tranquillement et disparut au fond d'un passage qui traversait l'immeuble.

Cinq minutes plus tard, trois hommes arrivèrent. Des Mexicains. Mais El Camino ne les avait jamais vus dans le Sonora quand il était en business avec les narcos de l'État. Les types lui sourirent amicalement. C'était bon de parler espagnol avec l'accent du pays. Ils lui dirent qu'ils allaient l'emmener chez le *capo*. El Camino déclara qu'il avait de grandes choses à proposer, son ambition était toujours intacte. Les autres rigolèrent, lui tapèrent dans le dos et ils gagnèrent tous le dernier étage d'un immeuble.

Ce fut ses derniers instants d'espoir.

Après, il vécut l'enfer.

Vaguement, il comprit que les jeunes narcos qui l'avaient évincé, là-bas à Ciudad Juarez avaient conquis de nouveaux États et que le Sonora faisait désormais partie de leur territoire. Il comprit aussi que le flic, Shrapnel, l'avait envoyé sciemment à la potence.

Bien sûr, la gamine aveugle était morte dans sa cage…

El hijo de puta…

D'abord, trois jeunes sicaires le cognèrent méthodiquement devant le *capo*. Celui-ci se marrait à gorge déployée en buvant de minuscules verres de mezcal et en fumant de longues cigarettes de tabac brun. Au bout d'un quart d'heure d'un tabassage en règle, il leva la main comme un empereur romain au cirque. Les trois hommes de mains du cartel soulevèrent le corps meurtri d'El Camino et le déposèrent dans l'ascenseur.

La descente jusqu'au sous-sol parut interminable. Son corps n'était que douleur et son esprit n'avait plus la force de croire en une issue possible.

– *Por favor*, supplia machinalement El Camino.

Ensuite, on le traîna dans un couloir sombre qui puait l'essence. Des mobylettes désossées gisaient dans une des caves, des gamins très jeunes semblaient affairés à récupérer des pièces sur les moteurs.

L'un des sicaires ouvrit ensuite une autre cave. Trois gros verrous donnaient à l'entrée l'aspect d'une porte de prison. Et de fait, un homme était attaché à un anneau accroché au mur. Il avait reçu beaucoup de coups, son visage était boursouflé, il avait uriné sur lui.

– Salut Chek ! lança le sicaire dans un large sourire. Ça y est, tu vas pouvoir nous servir. Tu as vu, on ne t'a pas menti, on avait de grands projets pour toi.

Les deux autres Mexicains jetèrent El Camino au sol. Que ça se passe vite, songea celui-ci sans y croire. Car, pour l'avoir infligée tant de fois, il savait que la mort n'advenait pas vite chez les narcos. Pour accéder à la paix éternelle, il fallait d'abord connaître l'enfer.

Le jeune Arabe ensanglanté secoua la tête, ses yeux vitreux trahissaient une terreur infinie. L'un des Mexicains le maintint par les épaules, son collègue dégaina alors un étrange instrument.

El Camino connaissait trop bien cet appareil. Combien de fois l'avait-il utilisé sur des ennemis ou même sur des employés indélicats ou trop peu zélés. Il s'en était aussi servi parfois juste pour rigoler lors de fêtes avec des amis, entre cocaïne, putes et téquila. Un orchestre de *narcocorridos* jouait des chansons à sa gloire et ses hommes avaient ramené un pauvre ivrogne pour que leur boss s'amuse. C'était la bonne vie.

– Oh, non ! Pas le *bolito* ! Pas le *bolito* ! se mit à hurler le jeune homme.

Et puis l'instant d'après, il se tut. Personne ne l'aiderait plus, il le savait.

On lui passa le fil d'acier autour du cou.

– Regarde bien, El Camino ! souligna le Mexicain en maintenant le prisonnier à genoux. C'est comme ça que tu vas mourir. Et après, on ramènera ta tête au pays. On la déposera sur la place centrale de Ciudad Juarez.

El Camino fixa Rafik Chekouri d'un regard vide comme s'il essayait de s'abstraire de la réalité, d'être déjà ailleurs. Mais il ne pouvait accélérer le temps, il devait supporter l'attente comme l'on boit la ciguë : jusqu'à la lie.

Derrière lui, il entendit des gosses murmurer. Ceux-là avaient abandonné leur atelier bricolage et s'étaient amassés dans l'entrebâillement de la porte. L'un d'eux adressa un petit salut surréaliste de la main à Chekouri. Quelques jours plus tôt, l'adolescent surveillait la BMW de Chek en échange de quelques dizaines d'euros. Les Mexicains les aperçurent, ils les laissèrent assister à la mise à mort de l'ancien caïd.

Ils apprendraient ainsi une des règles élémentaires du crime : la raison du plus fort est toujours la meilleure.

– C'est une légende urbaine, une putain de légende urbaine, psalmodia Chek.

Un petit bruit de moteur se fit entendre : le *bolito* s'était mis en marche.

Le nœud coulant se resserra, Rafik Chekouri tenta de sortir sa langue de sa bouche, ses yeux exorbités crachèrent de grosses larmes. Il chuta au sol en hurlant comme un pauvre diable, se contorsionna pendant trois ou quatre minutes dans la poussière, quatre minutes longues comme un été sous le soleil de Ciudad Juarez. Bientôt, la peau du cou céda, le sang coula de son corps. Il ne cria plus, il émit des borborygmes incompréhensibles. Et soudain, une artère carotide s'ouvrit sous la pression du fil d'acier : un geyser noirâtre gicla. El Camino reçut du sang dans les yeux, incapable de voir la scène finale. Mais il savait comment le spectacle se terminait : la tête de Rafik Chekouri finit par rouler à terre, séparée de son corps pour l'éternité.

– Tu n'es pas content de retourner au pays ? demanda l'un des Mexicains.

Il se marrait comme jamais en dégainant un autre *bolito*.

Ses deux collègues mirent El Camino à genoux et on lui passa le fil d'acier autour du cou.

Puis le sicaire sortit un Iphone dernière génération : il braqua le téléphone sur le condamné.

– On va filmer ça. Sûr qu'on va pouvoir vendre le film et se faire un bon paquet de thunes…

Et le petit moteur se mit à ronronner.

37

Dans un couloir de La Salpêtrière, un homme vêtu d'un trois-quarts sombre, petit, assez jeune, le visage dur, les yeux emplis de colère, attendait, adossé au mur. Un peu plus loin, une femme, la soixantaine distinguée, encore belle pour son âge, assise sur un siège de skaï beige semblait, elle, beaucoup plus préoccupée par l'état d'un malade couché sur un lit de réveil, qu'elle apercevait derrière une vitre.

L'homme était le commissaire principal Volochenko, la femme la commissaire principale Dechartres, le malade le capitaine Le Deuff.

Au bout d'une dizaine de minutes, un chirurgien à l'air acariâtre sortit de la chambre, accompagné de deux médecins, deux femmes à lunettes. Il venait d'ausculter Le Deuff.

– Je crois qu'il est sorti d'affaire, dit le mandarin sans sourciller.

Dechartres se leva, Volochenko lança un regard mauvais.

– Il devra observer un long repos. Mais il a eu beaucoup

de chance et aucune lésion n'a endommagé son cerveau. Dans quelques semaines, il sera d'aplomb.

– Merci docteur, fit Dechartres.

– Service public ! dit le chirurgien.

Les toubibs s'éloignèrent.

Au fond du couloir, ils croisèrent deux hommes et deux femmes.

C'étaient le commandant Julien Shrapnel et le lieutenant Lor Feuerbach, ainsi que les agents spéciaux Sam Torpe et Stacy Kennedy.

– Commandant, vous allez me le payer, je vous le promets, asséna Volochenko un ton trop haut en voyant arriver son subordonné.

Deux infirmières sortirent leur tête d'une chambre, une grimace réprobatrice sur le visage. Qui était cet importun qui se croyait chez lui, dans un hôpital, au service des grands traumatisés ?

– Que vais-je vous payer, commissaire ? demanda Shrapnel en jouant les bons communiants.

– Ce matin, les stups de Marseille ont retrouvé le corps de Carlos Cárdenas dans une décharge à ordure non loin de la ville...

L'autre le regarda fixement :

– C'est très bien ça : c'est sa place, une décharge à ordure.

– Il a été décapité, fulmina Volochenko. Vous l'avez emmené à Marseille, sachant bien que là-bas ses ennemis du Sonora le tueraient immédiatement.

Dechartres se trouvait derrière son alter ego administratif. Son regard était moins dur que celui de Volochenko mais elle ne pouvait intervenir. Ça aurait été désavouer le jeune commissaire, ça ne se faisait pas.

– Et comment j'aurais pu savoir tout ça ? Je ne suis pas à la DCRI ou aux stups, moi ! Je suis aux mœurs et aux mœurs, on s'occupe des julots casse-croûte et des filles de petite vertu, c'est bien connu.

– Nous savons que le capitaine Samuel Gargasson, l'un de vos anciens subalternes, est actuellement en poste aux stups à Marseille !

Shrapnel sourit largement :

– Ah ! Vous avez des nouvelles de Samuel, commissaire ? Comment va-t-il, cet énergumène ? Vous ai-je déjà raconté qu'un jour, il a attrapé un petit mac de Montreuil soupçonné d'avoir mis une raclée à l'une de ses gagneuses ? En l'interrogeant, le jeune Gargasson s'est aperçu que le mac en question était un de ses cousins issus de germain. Il ne l'avait même pas reconnu. Qu'est-ce qu'on a ri ! Mais qu'est-ce qu'on a ri !

Feuerbach se mordit la lèvre devant la caricature du flic de la Mondaine.

Les agents du FBI, eux, n'en revenaient pas de l'insubordination de Shrapnel. Sans doute celui-ci était-il un peu fou au sens pathologique du terme... Torpe grimaçait en essayant de remettre l'attelle destinée à immobiliser son épaule.

– Foutez-vous bien de ma gueule, commandant ! gronda Volochenko, rouge de colère. Mais sachez que les bœuf-carottes veulent vous parler. Complicité d'homicide, ça vous dit quelque chose ?

– Oh ! Les gros mots !

– Ne comptez pas sur moi pour vous couvrir si ça tourne au vinaigre pour votre matricule !

– Bon, vous avez fini, commissaire ? demanda Shrapnel d'une voix cinglante. Parce que je vous signale que l'un de mes hommes s'est pris une balle dans la carafe et qu'il est entre la vie et la mort.

– Il est hors de danger, précisa Dechartres.

Shrapnel lui adressa un vrai sourire, cette fois, charmeur, comme à son habitude.

Et comme il allait entrer dans la chambre de Le Deuff, Volochenko le retint par le bras. Mais pas violemment :

– Commandant, dit-il d'une voix soudainement calme, on aurait pu lui mettre perpète à Cárdenas. Perpète incompressible même. Là, il aurait payé. Vraiment payé.

Le jeune commissaire semblait sincèrement déçu, presque triste.

– Maintenant, avec ce que vous avez fait, il ne souffre plus, lui. C'est à nous, aux parents des gosses surtout, de vivre avec tout ça, à présent.

Shrapnel regarda Vladimir Volochenko comme s'il ne l'avait jamais réellement regardé.

Les flics autour d'eux restèrent muets. C'était vrai : ils allaient devoir vivre avec ces images d'horreur. Ça promettait des putains de nuits à cauchemars.

– Je vous le répète, commissaire, je n'ai rien fait. Rien.

Julien dégagea son bras et poussa la porte de la chambre.

– Mathieu ! lança-t-il, hilare. Ton bon Dieu n'a pas voulu de toi, on dirait.

DANS LE PROCHAIN ÉPISODE...

1

Paris, neuf heures. Un ciel sans nuage a succédé à une aube aux nuances de feu. La chaleur commence à devenir insupportable alors que le trafic n'est pas près de désenfler. Sur les quais, une petite Peugeot fait jouer un orchestre de klaxons en changeant nerveusement de file à chaque mouvement d'accordéon. La jeune femme qui pilote cache son visage d'une grande beauté derrière son majeur dressé et manucuré.

Lor Feuerbach a vingt-neuf ans, la beauté irréelle d'une icône de magazine et une aversion viscérale pour les bouchons.

À côté d'elle, Julien Schrapnel baille à s'en décrocher la mâchoire. Le dossier de son siège en position allongée et la casquette de base-ball rabattue sur les yeux, il essaie de rattraper quelques minutes de sommeil. La nuit a été torride, mais d'une manière beaucoup plus agréable que ne commence la journée. Il se laisse mollement bercer par la conduite nerveuse de Lor, qui a eu la gentillesse de venir le chercher en bas de son immeuble et de prendre le volant. La jeune femme enchaîne les embardées et les jurons depuis trente minutes.

– Paris, l'été, c'était beaucoup plus calme avant, marmonne son passager.

– Avant quoi ?

Il soulève sa visière et entrouvre une paupière.

– C'est une vraie question de nana, ça. Avant, ça veut dire avant ! Le contraire d'après !

La jeune femme pince les lèvres, mi-amusée, mi-agacée.

– C'est quoi, ce sourire en coin ? maugrée-t-il.

– On se détend, mon lapin ! Toi aussi, tu étais beaucoup plus calme avant. La nuit a été agitée ?

Il ricane de son sarcasme et replonge dans la somnolence. La voiture s'immobilise au carrefour du Pont Neuf. Alors qu'une agréable torpeur commence tout juste à l'envelopper, une sonnerie se met à retentir dans l'habitacle.

– Téléphone, grogne-t-il comme un mari bougon à sa femme.

– C'est le tien, réplique-t-elle aussitôt. Je ne peux pas faire taxi et secrétaire en même temps, mon chou.

Julien se tord sur son siège pour attraper le blouson de cuir étalé sur la banquette arrière, fait valdinguer au passage trois canettes de soda vides et quelques emballages de sandwich tachés de gras. Lorsqu'il réussit à extraire l'appareil de sa poche, son correspondant a déjà été transféré vers la messagerie.

– 'Faudra penser à nettoyer la caisse, un de ces quatre.

– ... et femme de ménage, ironise Lor.

Julien lit le nom sur son écran. Il fait une grimace et écoute le message. « Scud, c'est Bertelot. On a un cadavre pas très frais. D'après les empreintes, c'est une cliente à toi. Rappelle-moi. »

Julien supprime l'enregistrement et remet le portable dans sa poche.

– Abruti, murmure-t-il.

– Un problème ? s'enquiert Lor.

Le feu passe au vert. Elle démarre et attend une dizaine de secondes avant de lui adresser à nouveau la parole.

– C'était perso ? insiste-t-elle.

Il hausse les épaules.

– C'était Bertelot. Ils ont un cadavre. Quelqu'un qu'on connaît, soit-disant.

– Pour l'instant, ça ne fait pas de lui un abruti, commente la jeune femme.

Julien fait un geste nerveux de la main, comme s'il allait frapper le carreau.

– Si on t'appelait « la pute » à tout bout de champ, ça te plairait ?

– Je répondrais que j'ai raccroché.

– Le problème, c'est que moi, je n'ai pas raccroché…

Il n'ajoute rien. Elle fronce les sourcils, puis paraît comprendre.

– Il t'a appelé Scud, c'est ça ? Mais tout le monde t'appelle tous comme ça, mon chou.

– Dans le service, c'est pas pareil. Lui, c'est pour me rappeler que j'ai failli être viré à cause d'une petite frasque.

Elle éclate de rire.

– Julien ! C'est comme si Bertelot assassinait des gens en dehors du boulot et appelait ça des petites frasques. Tu as sauté sa femme, à ce qu'on raconte. Et s'il n'y avait qu'elle…

– Je n'ai violé personne, se défend son collègue.

– Tu bosses à la BRP et tu as une libido de malade. On est censé mettre de l'ordre dans l'industrie du sexe et toi tu patauges dedans à tes heures perdues. Ne t'étonne pas si ça te taille une réputation de sexual killer.

– Un peu facile comme analyse, je baise pas tout seul ! C'est pas ma faute si elles se jettent toutes sur moi.

– Pas toutes... précise Lor.

Elle passe une main sur son front pour écarter sa frange platine et lui adresse un regard appuyé. Ses yeux verts sont rieurs, un rien provocateurs.

– Toi, c'est pas la même chose, marmonne l'officier.

– Je ne suis pas à ton goût ? susurre-t-elle.

Il la détaille du bout des escarpins jusqu'à la pointe des cheveux. La nature a dû modeler Lor Feuerbach au paroxysme de la saison des amours. Chacune de ses courbes est une ode à la féminité, et son allure y ajoute un charme torride. Chacun de ses gestes, chacune de ses expressions, chacun de ses regards semble faire partie d'une chorégraphie orchestrée pour séduire. Jusqu'à sa manière de respirer, qui cambre imperceptiblement son dos et soulève d'une façon troublante sa généreuse poitrine. Comble de la sensualité, elle enrobe cette grâce naturelle d'une garde-robe des plus sexys. Sa silhouette est d'une beauté hypnotique, et une invitation perpétuelle à la passion amoureuse. Mais Julien n'est pas prêt à expliquer à Lor pourquoi il ne la touchera jamais.

– T'es une bombe, dit-il simplement. Mais c'est pas pareil.

Elle se contente de sa réponse laconique et tourne dans la Rue de la Cité en direction de leur bureau.

– Gare-toi n'importe où, grogne Julien. On va s'en jeter un petit avant de monter.

– À neuf heures du matin ? Non, merci.

– T'es pas encore flic, ma grande, s'esclaffe-t-il. Tu peux boire pendant mon service !

– C'est non, n'insiste pas. Je ne tiens pas à me faire sermonner par Mathieu.

– Et qui pourrait lui dire qu'on est allés prendre un café ?

Elle fait signe au vigile qui leur ouvre la barrière. Elle pénètre sur le parking de la Préfecture et range le véhicule, avant de répondre à Julien qui exprime sa contrariété par un bruyant soupir.

– Moi, je pourrais lui dire ! Il m'a ouvert les yeux. J'ai assez péché dans ma vie, je ne vais pas ajouter le mensonge à la luxure.

Julien reste interdit une seconde, puis il éclate de rire.

– Tu te fous de ma gueule, c'est ça ?

Elle lui renvoie son sourire le plus enjôleur.

– Je voulais être sûre que mon chef ne pense pas qu'avec sa queue. Me voilà rassurée.

Libre échange
par Sasha Morange
À paraître en octobre 2014

Cet ouvrage a été mis en pages par IGS-CP
à L'Isle-d'Espagnac (16)

Impression réalisée par

BRODARD & TAUPIN

à La Flèche (Sarthe), le 14-05-2014

N° d'impression : 3005548
Dépôt légal : juin 2014
Imprimé en France